勇者じゃないと追放された最強職【なんでも屋】は、スキル【DIY】で異世界を無双します

Kaede Hanaoto
著 華音楓
絵 ファルケン

登場人物紹介

エルダ

偶然カイトを助けた、
冒険者の魔法使い。

石《イシ》立《ダテ》海《カイ》人《ト》

本編の主人公。25歳、サラリーマン。異世界に召喚されるが、勇者ではなかったため追放され、冒険者として生計を立てることに。

カイトに絡んでくる
自称先輩
冒険者たち。
デカール
デブリング
ヒョロゲス
マキシマム
シャバズ
冒険者ギルドの
ギルドマスター。
キャサリン
冒険者ギルドの
受付嬢。

■一日目　異世界転移したらしい

「おき……さい。おきなさい」
微《かす》かに聞こえた誰かの声で、俺は目を覚ました。
まだはっきりとしない意識を、頭を振って無理やり覚醒《かくせい》させる。
俺が寝ころんでいた場所は、硬い石の床の上だった。
部屋の中央付近に、赤い塗料で描かれた魔法陣。
それは、大小さまざまな幾何学《きかがく》模様や、見たこともない文字によってできている。
そして、俺はその中心部分にいた。
何が起こったんだ？　ここはどこなんだ？
落ち着け……落ち着け俺……
よし、大丈夫。いったん整理しよう。
俺の名前は……石立海人《いしだてかいと》。
うん、覚えてる。
二十五歳、独身。彼女いない歴＝年齢の健全な男子だ。

うっさいだまれ。

確か、うだるような暑い夏の日、後輩と営業の仕事で外回り中に、休憩《きゅうけい》のため公園のベンチで少しだけだらけていると、足元が急に光り出し、目眩《めまい》とともに気を失ってしまった。

で、気がつくと、ここにいたってわけか。

「おお!! ようやく目覚めたようじゃな。よくぞ参った、貴様には期待しておるぞ」

突然、部屋にいるおっさんが言った。

うん、誰ですかあなたは？

俺はこの髭《ひげ》もじゃのおっさんが誰で、何を言っているのか、さっぱりわからなかった。

ただ、高級そうな椅子《いす》にデップリとした身体を埋《う》め込むように座って、偉そうにしているのはわかる。

しかも体中に装飾品を纏《まと》い、いかにも贅沢《ぜいたく》をしていますよって、アピールしてやがる。

こいつは、絶対に信用しちゃいけない人種だ。

それと、隣のじいさんに目を向けると、やはり偉そうにこちらを見下ろしている。

こいつも、いかにも取り巻き一号って感じのイメージだ。

とりあえず、このじいさんも信用しちゃならんやつだな。

「国王陛下。まずは事情を説明せねば、状況がわかりますまい」

「おお、そうじゃったそうじゃった。貴様には魔王を討伐してもらう。以上じゃ」

は？　何言ってんの、このおっさん。意味わかんないんですが？

いきなり魔王とか、脳みそ沸《わ》いてるの？

「いやいやいやいや、いきなり魔王討伐とか意味わかんないんだけど？　百歩譲ってそれは後で聞くとして、とりあえずここはどこで、あんたらはいったい誰なのさ？」

俺は話についていけず、国王に説明を求めた。

すると、面倒くさそうに顔を顰《しか》めた隣のじいさんが、簡単な説明をしはじめた。

「これはなんとも学のない者が現れたものだ……うぉっほん。儂《わし》はこのデクーノボート王国の宰相《さいしょう》をしておる、トーマス・フォン・オルトマンである。国王陛下よりありがたくもご説明あった通り、魔王の討伐を行《おこな》ってもらう。この国は魔人国との戦争状態で危機が訪れようとしておる。そこで、お主には最前線に赴《おもむ》いて戦況を打開してもらう。よいな？　これは勇者召喚で召喚された者の使命であり、義務だ」

意味がわからん……

あらかた説明らしきものが終わると、次に職業診断を受けることになった。

俺の前に、仰々《ぎょうぎょう》しい台座に載せられた直径三十センチくらいの水晶玉が運ばれてきた。

「次に、これに手をかざしてもらう。さすればお主の職業とスキルがわかるようになっておる」

俺は宰相《さいしょう》のじいさんに言われるがまま、水晶玉に手を添える。

そうすると、いきなり石が光り出した。

とても眩《まぶ》しくて、目が痛い。

そんな光の中で、国王と宰相《さいしょう》をチラリと見ると、激しい光り方からなのか、期待大とでも言いたいかのように身を乗り出していた。

その目は、貪欲に俺を品定めしているようにも思えた。

しばらくすると光が収まり、目の前に透明な板状の何かが浮かび上がってきた。

「ほれ、なんと書いておる。申してみよ」

興奮冷めやらぬ様子の国王をよそに、俺はその透明な板に表示されている文字を確認してみる。

職業：【なんでも屋《や》】
スキル：【DIY】

うん、よくわからない。

国王は首を傾《かし》げていた。

宰相《さいしょう》は唖然《あぜん》としていた。

いや、むしろこっちが聞きたいからね？

国王は宰相《さいしょう》を近くに呼び寄せ、小声で話をした後、急に顔を真っ赤にして怒り出した。

「な、ナ、ナント!!　職業が勇者ではないと!?　しかも、スキルは意味不明ではないか!!　おい、これはどうなっておる!!」

なぜか俺に向かって、罵声《ばせい》を浴びせはじめる王様。

ハズレだとか無能だとか。

ホント、シランガナ。

「ええい、もうよい!! この者をすぐさまここからつまみ出せ!! 顔も見とうない!!」

おい、人を呼び出しておいて、無能扱いの上、追い出しにかかるとか、何考えてんだよ!!

すると、部屋にある二か所の扉が開き、ガチャガチャと音を立てながら騎士数名が入ってきた。

あ。この世界だと、騎士は普段から全身鎧《フルアーマー》なんだな。

そんなことを考えていると、国王の指示で俺は騎士たちに脇を固められ、強制的に別の部屋へ移動させられた(連行とも言う)。

「すまんな」

騎士の一人が、俺にだけ聞こえるようにぼそっとつぶやいた。

連れてこられたのは、八畳くらいの小さな部屋だった。

そこには執事《しつじ》らしき年配の男性(すでに偉い人ですらない)が待っており、彼から自己紹介を受けた後、今後について説明があった。
・元の世界へは帰れない。
・支度金として金貨十枚。

だし。

・**今後は自活すること。**

正直「はぁ～」としか答えようがない。

連れてこられた挙句《あげく》、元の世界にも帰れず、無能扱いだもの。

しかし、自活とはどうしたものか。そんな伝手《つて》は今の俺にないんだけど……

年配の執事《しつじ》から、まずは城下町にある冒険者ギルドへ行くように勧められた。

どうやら自活するには、冒険者になるのが手っ取り早いらしい。ついでに身分証も作れるみたい

追い出されるようにして城を後にした俺は、冒険者ギルドへ向かった。

執事《しつじ》から教えられた通り、大通りを東に行く。

しばらく歩いていると、通り沿いに一際《ひときわ》大きな建物があった。

石造りで重厚感漂う巨大な建物に、俺が一瞬ひるんでしまったのは仕方がないことだ。

だって、現代日本でこんな建物なんて、ほとんどお目にかかれないからね。

その建物の中央付近にある入り口には、獅子《しし》が二匹並んだ絵が描かれた、おそらく金属製の看板に、剣と盾（明らかに本物）がぶら下がっていた。

どうやら、ここが冒険者ギルドらしい。

俺は建物の扉をゆっくりと開いた。

冒険者ギルドの中に入ると、なかなか面白い造りになっていた。

案内板によると、建物に入って右手が冒険者ギルドの施設。左手が酒場と思われる施設。

ちなみに、この建物の隣には、宿屋のような施設も併設されている。

ギルド会館の奥には、受付カウンターと書かれたプレートがぶら下がってる場所や、買取所。現代日本でいう銀行みたいなところだろうか、金品預入《あずけいれ》所もあった。

入り口脇の壁際《かべぎわ》にはでっかいボードが備えつけてあり、いろいろな紙が貼り出されていた。

よく見ると〝クエストボード〟と書かれており、貼られた紙は依頼と思われる。

ここで違和感を覚えた。

どうして俺はこの世界の字が読めるんだ？

文字だって見たことないはずなのに……

やはり、これが異世界転移系のテンプレなのか⁉

なんてことを考えながら、建物右手奥へと進んだ。

ギルド会館中央には、待合所のように椅子《いす》やテーブルがたくさん並んでいる。

なんとなく職業安定所的な雰囲気《ふんいき》に思ってしまった。

そこを抜け、受付カウンターへ着いた俺は、座っていた若い女性に声をかけた。

「あの、すみません。ここで冒険者登録できると聞いてきたんですが、合ってますか？」

「ここですよ～。じゃあ、この紙に名前と年齢と職業を書いて～。書き終わったら教えてね～」

爪を磨《みが》いている、めっちゃやる気なさそうな受付嬢だった。

他の受付嬢は、ギルドの制服らしきものを、ビシッと着ている。しかしこの受付嬢はそれを着崩して、胸元を大きく開けていた。化粧《けしょう》も厚く、ケバイって言葉がよく似合っている。

少し磨《みが》くと、ふぅ～と爪に息を吹きかけてまた磨《みが》きはじめる。

その間、こちらを見ようとはしていない……

やる気がないにもほどがあるだろうよ。

そして、ここでもおかしな現象があった。

字が書ける……もう突っ込むのやめよう……俺の精神が持たない……

用紙に必要事項を書いて受付嬢に渡すと、彼女はその用紙を何か機械のようなものに通す。

しばらくすると、機械のようなものからドッグタグとカードのようなものが出てきた。

「はいこれ、冒険者証よ。失《な》くすと再発行手数料かかるから失《な》くさないでね。あと、私がめんどくさい。じゃあ、これでおしまいね～」

なんとも言えない感じがした。

はたから見たら、俺の顔はきっと引きつっていたと思う。

何か説明はないの？　せめてパンフレット的なものはないのだろうか……

はあ、考えるのも面倒だな……

俺が受付で登録を終えると、またも異世界テンプレを体験した。

そう、冒険者証を受け取ったところで、酔っぱらいの男たちに囲まれたのだ。

「おう、にいちゃん。冒険者になったみたいだなぁ～。ヒック、オルェたちがよぉ～、ヒッ、冒険者のぉ～、先輩としてだなぁ～、ヒック、オミャエの面倒見てやっからよぉ～、有り金ぜ～～～～んぶ出せよぉ～～い」

こいつらがいったい何を言っているのか、さっぱりわからない。

いや、酔っぱらってろれつが回ってないって意味ではないよ？

受付嬢を見ても、我関せずで、まだ爪を磨《みが》いてる。

つまりそういうことか。なるほどなるほど。

こういった案件には、冒険者ギルドは関知しないらしい。

冒険者同士の揉《も》め事《ごと》は、自分たちで解決するということか。

俺は周囲を見渡したが、誰も助けてくれようとはしない。

むしろ周りの冒険者然とした者たちは、この酔っ払い男たちを囃《はや》し立てていた。

それにしても、困った。

こいつらの強さがわからないな。

こいつらがものすごく強くて、こっちがワンパンでやられる可能性だってある。

それよりもだ……この世界にもあるんだな……世紀末装備!!

ちょっとだけときめいてしまったじゃないか。

その黒光りした革鎧……そこから生える鉄製の厳《いか》ついスパイク……三人そろってその装備。

つまり、これを扱っている武具店があるということか……

そして何より……何よりもだ……その頭!! その髪!! どうやって立てているんだ!? ってくらいに、天に向かって型崩れすらしていない。

まさに世紀末の申し子!! ……なんて考えている場合じゃないか。

……よし、断ろう。

「そういうの間に合ってます」

当然、そいつらはキレて殴《なぐ》りかかってきた。

「せんぱいに……たてついてんじゃね～～～～!!」

「やっちまえ、マキシマム!!」

「そうでやんす、マキシマム!! 先輩の威厳を示すでやんす!!」

あれ？ 遅い？

さっきから絡んでくる先輩冒険者――マキシマム（？）の攻撃が俺に届くことはなかった。

大振りで殴《なぐ》りかかってきてはいるんだけど、酒のせいなのか動きがダラダラしていた。

俺はその攻撃を余裕を持って避け、距離を取った。

「勝手に逃げやがって!! 大人しく一発殴《なぐ》らせろ!! おい、デブリング!! ヒョロゲス!! こいつ

を取っ捕まえろ!!」

「おう!!」

「おうでやんす!!」

マキシマムと一緒にいたガタイの大きいデブリング（?）とヒョロっとしたヒョロゲス（?）まで俺に迫ってきた。

ああ、めんどくさい。殴《なぐ》り倒していいよね?

俺がマキシマムたちの再度の攻撃を避けて、腹に一発当てようとしたときだった。

「いったい何してやがる!! 騒がしいぞ!!」

俺たちのやりとりを聞きつけて、二階からゴリマッチョなおっさんが下りてきた。

おっさんを見るなり、マキシマムは顔を真っ青にして震え出した。

受付嬢も同じく顔色が悪い。

俺が首を傾《かし》げていると、おっさんは周囲の職員に事情を聞き、徐々にその表情が怒気をはらんでいった。

どう見てもそっちの方面《ヤクザ》の人にしか見えなかったが、口にしなくてよかった……

マキシマムたちは、おっさんに注意（どう見ても恫喝《どうかつ》）を受けていた。

受付嬢も同様に注意（どっからどう見ても脅迫《きょうはく》）を受けていた。

ついでとばかりに、仲裁に入らなかった他の職員たちも注意（こっちは本当に注意だった）を受けていた。

どうやら、ギルド会館内の揉《も》め事《ごと》の解決も、職員の仕事らしい。

仕事しろよ受付嬢。

それから、マキシマムたちは俺をひとにらみしてから、冒険者ギルドを後にした。

ちなみに、囃《はや》し立てていたやつらは、おっさんが登場した時点で蜘蛛《くも》の子《こ》を散らすように退散していた。

受付嬢は、おそらく上司っぽい人に首根っこを掴《つか》まれて、奥へと引っ込んでいった。

涙目で何か騒いでいたけど、俺には関係ないよね？

うん、なんか無駄に疲れた……

幸い城を出るときにもらった金貨があるし、仕事は明日からにしよう。

俺は今日の寝床を探すために、冒険者ギルドの隣にある宿屋へ向かった。

その宿屋は、初級冒険者用の宿泊施設で、タダで泊めてくれるらしい。

従業員に空《あ》きを確認すると、ちょうど一部屋空《あ》いているそうだ。

登録したての俺は、とりあえず一室借りることにした。

割り当てられた部屋に向かうと一人部屋で少し安心した。

部屋の中にはベッドと小さなサイドテーブルの上のライトがあるだけで、さほど広くはなかった。

おおよそ四畳半ってところかな？

まあ、どうせ寝るだけだし、問題はない。

それに個室だし、野宿するより断然マシだ。

今日はもう寝よう……

おやすみなさい。

■二日目　初めての依頼

朝起きると、体がバキバキでとても痛かった。

このベッドマジで硬すぎ……

野宿よりはマシだし、しかも無料なんだから、文句を言ったら罰《ばち》が当たりそうだ。

俺は一息ついた後、身支度《みじたく》を始めた。

宿舎の従業員に確認したら、裏庭に井戸があるそうだ。

なら、朝食の前に寝癖《ねぐせ》などを直そう。

井戸の周りには他の冒険者もいたが、みんな同じように疲れた顔を浮かべていた。

やはり、ここのベッドの硬さはどうにかしてほしい。

井戸には手押しポンプのような装置が設置されていて、ボタンを押すと決まった量の水が出る仕組みになっていた。

この装置がどうやって動いているか気になるところだけど、今は別に構わないかな。水を手で汲《く》む必要がないだけありがたい。強《し》いて言うなら、さすが井戸水……めっちゃ冷たかった。

一通り身支度《みじたく》を終えると、一階にある食堂へ向かった。

そこでは、簡単な朝食が準備されていた。ちなみに無料……至れり尽くせりだな。

セルフサービス形式で、俺も必要な分だけ取り、皿にのせていく。

卵とかソーセージが並んでいることから、この世界も畜産業とかも盛んなのかもしれないな。

「いただきます」

つい、いつもの癖《くせ》で手を合わせてしまった。

うん、うまい。きちんと調味料が効いている。

こういう世界だと「調味料は貴重品だ〜」って感じだと思ったら、そうでもないらしい。

調理場のおばちゃんの話だと、転移系統の魔法使いが、運び屋をやってるという。

頼めば料理なんかも運んでくれるそうだ。

そんなわけで、内陸部でも新鮮な海の幸が食べられるみたいだ。

うん、魔法バンザイ。

朝食後、部屋をあらかた片づけて、隣の冒険者ギルドへ向かった。

建物に入るも、昨日みたいに絡まれることはなかった。

せっかく期待していたのに……

俺は、冒険者ギルドの〝クエストボード〟に貼り出された依頼を探す。

いろいろ見てみたけど、大体がDランク以上の依頼ばかりだった。

そんな中、一つのクエストが目に留まった。

「初級クエスト。薬草採取。必要な冒険者ランクは……特に書かれていないみたいだ。それと報酬《ほうしゅう》が銅貨十枚か……」

よし、これにしよう。

ちなみに、冒険者にもランクがあり、SSを最上位としてS・A～Gまである。

冒険者になりたての俺は、問答無用でGランクになる。

ある程度依頼をこなすとFランクになれるそうだから、地道にやっていこう。

さて、早速受注をしたいんだけど……依頼の受け方すら教えてもらってなかったな。

とりあえず受付へこの依頼書を持っていけばいいのだろうか？

俺は依頼書をクエストボードから剥《は》がすと、受付カウンターへ向かう。

そういえば、昨日の受付嬢は……いない。

いたらいたで面倒だから、むしろ助かったのか？

受付カウンターには何人か受付嬢がいるが、昨日の受付嬢のいたところにはおば……（殺気!?）

オネエサンが席に座っていて、目が合ってしまったので、そちらに向かった。

できれば、隣の若い子に行きたかった……

その笑顔やめてくれませんか……問答無用の殺気を込めるのも……

「すみません。この依頼受けたいんですけど……」

「あらあらあらあら。昨日の方よね？　昨日はごめんなさいね？　あの子はとある子爵のご令嬢なんだけど、花嫁修業の一環だとかなんだかで無理やりここに来てたの。だから、やる気がないったらありゃしない。今回の件でさっそく子爵へ苦情がいったはずよ。たぶんもうここには来ないでしょうけど。それより依頼だったわね。依頼書を見せてちょうだい」

オネエサンは聞いてもいないことを立て板に水のごとくスラスラと説明してくれた。

まさにマシンガントーク!!

軽口《かるくち》はさておいて、依頼書をオネエサンに渡すと、

「この依頼ね。これは確か……あったあった、これだわ。この内容を確認してちょうだい」

と言って、詳細の書かれた紙を見せてくれた。

『ヒール草《そう》の採取。品質によって追加報酬《ほうしゅう》あり。報酬《ほうしゅう》銅貨十枚。なお、未達成ペナルティなし』

よし、これに決めた。これはやっぱり冒険のテンプレ的クエストだ。ちなみに、この依頼は初級冒険者の登竜門らしい。これをこなせて初心者卒業だそうな。理由は、森の探索が含まれるためだという。

ちなみに、初級冒険者はこの依頼を何度も失敗するみたいだ。その中で冒険者としての基本を学んでいくそうだ。

「そうだ、すみません。このヒール草の特徴を教えてもらえますか？　俺、そういうの詳しくなくて」

「あら、偉いわねあなた。だいたいの初心者はそのまま依頼を受けて、全く違う物を持ってきた挙句《あげく》に文句を言っていくものなんだけどね。うぅ～ん、そうねぇ～。特徴としては、葉っぱの縁がギザギザしていないツルッとした感じよ。あとは……濃い緑色で、かじるととても苦いかな？　ほら、良薬は口に苦しって言うじゃない？　間違ってもそのまま食べちゃだめよ？　その後十時間くらい味覚が麻痺《まひ》するから」

うん、全くわからん。

味で判別しようにも、麻痺《まひ》するんじゃ……

しかも、ツルッとしてるとか、抽象的すぎませんか？

「そうそう、見た目がわからないと困るわよね？　ちょっと待ってね……はい、これを持っていってちょうだい」

俺は一枚の紙を渡された。オネエサンが描いてくれた、ヒール草の絵だ。なんて優しい人なんだ……

そして、もらった紙を見て思った……やっぱりわからん……はあ。

では、気を取り直して東の森へ行くとしますか。

「あ、ちょっと待ってちょうだい。私はキャサリン・フリーディアよ。何か困ったことがあったら、なんでも言ってちょうだい。力になれると思うわ」

「石立海人……カイトです。キャサリンさん、よろしくお願いします」

俺はギルドの扉を力いっぱい押し開く。すると、不意に何かが変わったような気がした。

これから始まる冒険に、少年心がくすぐられ、ときめいてしまったみたいだ。

さあ、冒険を始めよう!!


冒険者ギルドを後にした俺は、ヒール草採取のため、東の森に来ていた。

ここは初心者用の森とも言えるほど、穏やかなところだった。

危険なモンスターも、動物もいないらしい。

たまにゴブリンが出現するが、装備さえ整っていれば、なりたての冒険者でも倒せるという。

──それにしてもテンプレって、どこにでも転がっているんだなと改めて思った。

少し時間を戻すが、俺が東の門を出ようとしたときのことだった。

「君、装備もなしで森に行くのは危険だ。今すぐ引き返しなさい」

東門を警護していた衛兵に、いきなり呼び止められた。

俺は首を傾《かし》げていると、衛兵は呆《あき》れた顔でさらに説明してくれた。

武具を装備せずに東の森に行くのは、さすがに自殺行為だと。

いくら初級冒険者用の森だと言っても、危険がないわけではない。

だから、ここの衛兵は冒険者への注意喚起を行《おこな》っているらしい。

そして俺は……そういったものを全く装備してませんでした。

うん、忘れてました。丸腰ってか、スーツのまま森に行くところだった。

改めて衛兵に、おすすめの武器防具屋の場所を聞いた。

そこは、初級冒険者が必ず一度は訪れる店だそうだ。

店の名前は……『ガンテツ武具店』。

行ってみると、いかにも無骨そうな店構えと看板だった。

一見《いちげん》さんお断りな雰囲気《ふんいき》を醸《かも》し出していたが、俺は気にせず店に入っていく。

「いらっしゃい。なんの用だ？」

扉を開けた先には、店名にふさわしい、いかにもな店主が店番していた。

むしろ、なんでカウンターに酒樽《さかだる》が置いてあるんだ⁉　そしてそこから木製のジョッキに注いで……呑《の》むんかい‼

「ん？　なんだ、これが気になるのか？　そいつは悪いことをしたな。ドワーフたるもの、酒を呑《の》まずして、何を呑《の》むというんだ？」

店主はそう言うと、豪快に笑いながら、酒樽《さかだる》をポンポンと叩《たた》いていた。

樽《たる》ボディのパイナップルヘアにロング髭《ひげ》のおっさん。ドワーフって、みんなこんな感じなのかな。

まあ、想像通りって言えばそうか。

そもそもの話、ドワーフの生態なんて俺は知らないから。

ちなみに、店内もいかにも的な内装だった。

とにかく〝生き残る〟ことを前提とした装備品の数々。

見栄えよりも性能を重視しているのか、そんな感じが見て取れる。

俺自身装備品の目利きができるわけではないので、店の親父――ガンテツさんに初心者用の装備を見繕《みつくろ》ってもらった。

俺の体を見るなり、軽装備を中心に選んでくれた。

選んでくれている最中にぼやいていたけど、何も相談せずに、自分の好みだけで選んでしまう初級冒険者が少なからずいるという。

そういう輩《やから》は大概《たいがい》、自分に合っていない装備を選ぶとのことで、ガンテツさんが親切にやめておくように忠告しても、キレてそのまま買っていくみたいだ。

そして、依頼を失敗して文句を言いに来るところまでがワンセットらしい。

どこにでもいるよな、そういうやつ。

装備品を選び終わり会計をお願いすると、料金は全部で銀貨八十枚だった。

ついでに、戦闘用の服一式を売ってもらった。

替えを含めて銀貨十八枚だったが、今着てるスーツが珍しいからって、それと交換してくれた。

ありがたや。

買い物が終わり、店を後にしようとしたとき、「必ず装備を見せに来い。メンテナンスしてやるからよ」と声をかけられた。

つまりは死ぬなよ？　ってことなのかな？　そうか、ここは日本じゃないんだな。それほどまでに命が軽いのかもしれない。

ガンテツさんの店を後にして、改めて東の森へ行くために、東の門へと向かう。

先ほどガンテツさんの店を教えてくれた衛兵に、お礼を言って門を潜《くぐ》り抜けた。

「行ってらっしゃい。気をつけて。必ず帰ってきてください。私はいつでもここにいますから」

なんて温かいんだろうか……これが人情ってやつなのかな。

あのくそ国王に爪の垢《あか》を煎《せん》じて飲ませたいよ、まったく。


門を潜《くぐ》ってから目にした光景に、俺は心奪われてしまった。

そこには、広い広い大地が広がっていた。そよ風に揺《ゆ》れる背丈の低い草花。簡単に整備され、固められた街道。遠くに見える木々。空を見上げれば澄《す》んだような青空。

ただ、空には二つの明るい光が輝いていた。どうやら太陽みたいなのが二つあるらしいな……

うん、俺は本当に異世界に来たみたいだ……

それから街道沿いの東の森に入った俺は、依頼をこなすため、もらった絵を頼りにヒール草を探した。

それにしても、俺は運がいいらしい。

目的のヒール草はすぐに見つけることができた。

うん、絵で探すより、言われたものを探したほうが早かったよ……

それから、周辺を隈《くま》なく探して歩いた。

意外と探せばあるもので、数もすぐに揃ったので、無理をせず今日の探索を終えることにした。

森を抜けて街道に出ると、同じく街へと戻る人たちがたくさん歩いていた。

冒険者や商人の馬車や荷車、一般の人まで様々だ。

街に戻った俺は、東門にいた衛兵に声をかけた。

「ただいま。約束は守ったからな」

「おかえり。無事でなによりです」

その一幕にまたジンとするものがあった。

ん？　そういえば、あれから時間がだいぶ経ってないか？　それでも同じ衛兵ということは……

ブラック仕事!?

東門を抜けギルド会館へ戻った俺は、すぐに受付カウンターに向かった。

受付カウンターには、朝もいた受付嬢――キャサリンさんが座っていた。

「ただいま。依頼のヒール草採取完了です。確認お願いします」

「おかえりなさい。どうだった？　初めての依頼は」

「それが……」

キャサリンさんに朝の一幕を説明すると、大いに笑われてしまった。

初心者あるあるなんだそうな。

キャサリンさんにヒール草を見せて、無事依頼達成だ。

「それじゃあ、この木札を持って奥の精算所へ行くといいわ。そこで木札と交換で報酬《ほうしゅう》がもらえるから」

俺はキャサリンさんから木札を受け取ると、奥にある精算所へ移動した。

そこにも受付嬢が座っており、カウンターには〝木札を出してください〟と書かれた案内板が出ていた。

俺はその案内通りに受付嬢に木札を渡した。

木札を確認した受付嬢は、後ろの棚から小さな袋を取り出す。

机の上に置くとジャラリという音が聞こえた。中には硬貨が入っているみたいだ。

「はい、銅貨十枚ね。確認して」
一、二、三、四、五、六、七、八、九、十。確かに十枚だ。

机に並べられた銅貨十枚が、より現実味を感じさせた。

俺は冒険者になったんだな、と。

精算を終えた帰り際、受付カウンターにいたキャサリンさんに挨拶《あいさつ》をし、ギルド会館を後にした。

しかし、装備にお金がかかったな……報酬《ほうしゅう》より高いとか……

よし、今日は遅いから宿に帰って寝よう。

おやすみなさい。

■三日目　初心者講習のお誘い

朝起きて、俺は井戸で身支度《みじたく》を整える。

汲《く》み上げた水はやはり冷たくて、強制的に思考がクリアになっていく。

周りを見れば、井戸の周りは冒険者たちでいっぱいだった。

この人たちも俺とさほど変わらないランクなんだろうな。

初級冒険者の施設なので、子供ばかりかと思ったが、実際は違っていた。

俺と同じくらいの年の男性もいるし、大人の女性もいた。さらにはもっと年配の人も。

きっと、いろんな事情で冒険者を目指しているんだろうな……

なんて、勝手に想像するのは失礼かもしれない。

すると、一人の妙齢の女性と目が合った。

あれ？　これももしかしてテンプレ的なやつ？

「――おそいよ」

「わりぃ～、ねぼうした」

うん、わかってたよ、俺の後ろから来たやつに気がついたパターンのテンプレでしょ？

頑張《がんば》ろう……


身支度《みじたく》を済ませ食堂へ向かうと、ちょうど料理の二回目の補充が終わったばかりのようだった。

お、今日の朝食はベーコンエッグにパンだ。

ただ、パンがな……硬いんだよ……

ハード系のパンは嫌いじゃないけどさ……限度があるでしょ？

小さくちぎって一口噛《か》んだら、速攻で顎《あご》が痛くなった。

そして、頑張《がんば》って食べ終わった頃、周りの人たちを見て正解がわかった。

そう、スープに浸《ひた》して食べればよかっただけだった……明日からはそうします……

朝食を済ませ、少しお腹が落ち着いてきたところで、隣にある冒険者ギルドへ足を向けた。

すでに時間は早朝というタイミングが終わり、ギルド会館へ向かう冒険者の数はまばらだった。

眩《まぶ》しい日差しに目を細めて宿舎の門を出るとき、従業員から「行ってらっしゃい。気をつけて」の声をかけられた。

案外うれしいものだった。

昨日と同様に、クエストボードで依頼を探した。この時間だと、ほとんど残っていない。そういや、そういうの全く説明されてなかったな。あとでキャサリンさんに話を聞いておかないとな。

「ちょっといいか？」

俺がクエストボードで依頼とにらめっこしていると、一昨日のマキシマムたちを蹴散らしたゴリマッチョなおっさんに声をかけられた。

あのときはばたついてよく見ていなかったけど、白のタンクトップから覗《のぞ》くその身体は傷だらけだった。相当の修羅場《しゅらば》を潜《くぐ》り抜けてきたことが窺《うかが》えた。まさに歴戦の戦士の勲章《くんしょう》だろうか。おそらく髪の毛もそのときに……って、にらまないでください。本当に怖いから。

「お前さんは一昨日登録したやつだろ？」

よく覚えてるな……他にも一昨日登録した冒険者なんて何人もいるはずだ。

それなのに覚えているとか、どんな記憶力なんだよ。

話はそれたけど、俺はこのおっさんが何者でどういう人物か知らない。

また絡まれるのは面倒なんで、適当にあしらうのが正解だろう。

「そうですが、何か問題でも？」

俺はそう返すと、クエストボードに視線を戻した。

俺のランクに合う依頼はすでになく、上のランクのものばかりだった。

おそらくだが、俺が受けられる依頼は争奪戦なんだと思う。

それだけ、初級冒険者が多いのだろうな。

それに、上のランクが残っているってことは……高ランクに上がるのがすごく大変なのか、それとも生き残ることが大変なのか。

命の安い世界だから、きっと生き残りの問題なんだろうな。

俺はしばらくクエストボードを見つめていると、下のほうに数枚ある少し古ぼけた依頼書に気づいた。

『下水道清掃《せいそう》（スライム討伐含む）』

『街の美化（ゴミ拾い。清掃《せいそう》活動）』

『ゴブリン討伐（五匹単位で受付）』

下水道清掃《せいそう》はにおいがやばそうな気がする。

そもそも清掃《せいそう》活動に、どうしてスライム討伐が含まれるんだよ？

それに、街の地下にモンスターがいるってどうよ？

あと、どうやってこのモンスターの討伐数を確認するんだ？

討伐証明部位の提出とかそんな感じなんだろうか？

次の『街の美化』は……むしろ「みんなで掃除《そうじ》しろよ!!」って思う。つか、ポイ捨て、ダメ!! 絶対!!

ポイ捨てされたゴミを回収する仕事か。楽といえば楽だけど、冒険者って感じじゃないよな。

最後のゴブリン討伐……さすが異世界!! そそられるよな。冒険者の序盤のクエストの定番だろう。

そして、馬車が襲われているのを見つけて、助けてトラブルに巻き込まれるまでが定番だよな。

やばい、考えると絶対実現しそうだ。うん、忘れよう。

俺がゴブリン討伐の依頼書に手を伸ばすと、もう一度おっさんから声をかけられた。

「警戒させてすまん。実はな、一昨日の受付嬢が仕事をさぼりやがってな、初心者講習の説明をしていなかったんだ。それで、改めて説明させてほしい」

おっさんはバツが悪そうな表情を浮かべて頭を下げていた。

このまま無視してもよかったんだけど、話の内容的にギルド職員なんだとわかった。

さすがに、これ以上無視したら怒られるだろうか……

「わかりました」

これでも俺は立派な社会人。

納得しなくても理解した体《てい》を装い、話をまとめることは得意だ（ブラック企業あるある）。

「助かるよ。おい、こいつを訓練場へ案内してくれ」

訓練場ですと？　あれですか？　新人をフルボッコにするっていうテンプレですか？

よし、その喧嘩《けんか》買った!!

俺は意気揚々と、職員と一緒に訓練場へ移動した。

そしてこの後、俺は後悔することになる……


ギルド職員に連れられて、やってきました訓練場。周囲が少し高い観客席で囲まれていて、そこから訓練場が見渡せるようになっている。訓練場自体もサッカーコート一面分くらいはありそうだ。

場内には堅い木と木がぶつかるような音が響き渡る。

どうやら先客がおり、数人が戦闘訓練を行《おこな》っていた。

ギルド職員に座って待っているよう言われたので、俺は観客席に腰を下ろし、戦闘訓練の様子を観察することにした。

見たところ、一人のベテランらしき冒険者が、何人もの若い冒険者に実戦形式で技術を教えているようだった。

俺も受けたらよかったのだろうか？

あのベテラン冒険者……すごくうまい。

素人目に見ても、そのすごさが伝わってくる。

若い冒険者たちが代わる代わる斬りかかっても、すべて最小限の動きでいなしていた。

おそらく、若い冒険者たちはなぜ躱《かわ》されたりいなされたりしているのかわからない様子だ。

端《はた》から見るとわかるけど、ベテラン冒険者の立ち位置が絶妙だった。

一回躱《かわ》すごとに、若い冒険者たちが次の攻撃がしにくい位置に位置取りをしている。

それを繰り返すことで、若い冒険者たちはどんどん動きを制限されていった。

そういった動き方もあるんだなって、感心してしまった。

しばらく訓練を眺めていると、さっきのおっさんがやってきた。

「待たせたなぁ」

それにしても渋《しぶ》い声だ……

「待ちました。で、何をするんです？」

俺が若干《じゃっかん》挑発《ちょうはつ》ぎみに答えたら、おっさんに笑われてしまった。納得いかん。

「いやな、お前さん、ゴブリン討伐の依頼を受けようとしていただろ？　剣とか扱えるのか？」

「とりあえず振れるんじゃない？」

俺は一応剣道初段の武士だ……ごめんなさい、弱いです。試合で勝てませんでした。

それに、使っていたのは竹刀《しない》だ。西洋剣なんて扱ったことあるわけがない。

「よし。じゃあ、いっちょ訓練してみるか。ほら、この木剣持って下に降りろ」

はいきました、テンプレ〜。

おっさんに急《せ》かされながら訓練場に降りた俺は、おっさんに相対《あいたい》して木剣を構えた。

隙《すき》のないおっさんを見て、いたずら心が湧《わ》いてきた。

余裕をかました様子で、「いつでもどうぞ」と言われたので、とりあえず……

木剣を投げてみた。

まあ、当たるわけはなかったんだけど、さすがにおっさんに怒られた。

それから少し説教を受けて、改めておっさんと対峙した。

俺はおっさんに剣先を向ける。剣道だったら中段の構えというやつだ。

対するおっさんは……最初、構えているようには見えなかった。

なめられてるのか？　って思えるほど、だらっとしていた。

両手で構えている俺とは対照的に、木剣を片手で持ち、切っ先は俺の足元を向いている。

しかし、おっさんがゆっくりと動き、その切っ先を俺の剣先に合わせたとたん、彼が急にでかく見えた。

構えた手に汗が噴き出る。やばい……隙《すき》がない……

正面から斬りかかろうが、横薙《よこな》ぎをしようが、斬り上げしようが、何をやっても当てられる気がしない。むしろ、その後に反撃が来るのが予想できるだけに、攻め込めない。

「ほう、一応は警戒できるのか……だが、来ないならこっちから行くぞ!!」

おっさんはそう言うと姿を消した。

違う、俺が目で追えなかっただけだ。それほどまでに実力差があったみたいだ。

気がついたときには、おっさんの木剣が俺の首に添えられていた。

文字通り一歩も動けなかった。

今のが実戦だったら、俺の首は胴体と泣き別れていただろう……

「どうだった？」

にやりと笑いながら、おっさんが問いかけてきた。

「み、見えませんでした……」

俺の頬《ほお》には汗が流れている。

今にも首が斬り落とされるんじゃないかと思うほど、殺気が込められていた。

「だろうよ。で、どうするよ？」

「お願いします!!」

俺は自分の弱さを認識することができた。

一朝一夕《いっちょういっせき》で戦い方が身につくわけじゃないことはわかっている。

それでも、やるとやらないでは全く違うと思った。

——それからいったいどれほど打ち込んだのだろうか。

気がつくと、俺は訓練場の地面に寝ころんでいた。

「だいぶやるようになったじゃねえか。これなら、ゴブリンどもに後《おく》れを取ることはないだろうな。

確かカイトとか言ったな？　さっきも言った通り、背後の気配にだけは注意しろ。それができりゃ、奇襲で死ぬことはまずないはずだ」

「あ、ありがとう、ござい、ました……」

おっ、ちゃんは俺の返事を聞き終えると、満足そうに頷《うなず》き、颯爽《さっそう》と訓練場を後にした。

その背中はなぜかでかく見えた。

あの背中がいつも誰かを守ってるんだろうな。

俺もあんな背中になりたいと、そう思わせる背中だった。


訓練が終わった後、俺は屍《しかばね》と化していた……

体中めっちゃ痛いんですけど⁉

意識すればするほど痛みが増してきて、すぐには動けそうになかった。

ゆっくりと壁際《かべぎわ》まで移動した俺は、腰を下ろして休憩《きゅうけい》することにした。

その間、おっちゃんがどう動いたか、どう攻撃を仕掛けてきたかをずっと考えていた。

考えれば考えるほど、どう動いたかわからない部分が多すぎた。

それがきっと、経験の差なんだろうなと感じていた。

ある程度休息をとって、動けるようになった俺は、訓練場を後にする。

受付に戻ると、すでに昼を過ぎていて、今から依頼を受けても今日中には終われないと思う。

今日はもうやめておこう。時間もそうだけど、肉体的に無理をしてはいけないと思った。

宿舎に戻った俺は、思いのほか疲れていたらしく、ベッドに横たわった瞬間に睡魔《すいま》に襲われ、そのまま夢へといざなわれてしまった。

■四日目　討伐

朝起きたけど……うん……まだ体が痛い……

昨日の訓練のダメージがいまだに残っているんだと思う。

おっちゃん、ホント容赦《ようしゃ》なかったからな……

よく見ると、体中痣《あざ》だらけだった。おそらく背中とかも痣《あざ》だらけだろうな。

絶対強くなっておっちゃんを打ち負かしてやる!!

俺が冒険者ギルドに入ったときには、もう朝から酒を飲んでいる冒険者以外出払っていた。

依頼の争奪戦の後は、即行動なのだろう。

それと、ゲームみたいに〝○○職一名募集〟とか〝○○討伐戦野良《のら》参加募集〟みたいなこともなかった。

まあ、そんな急増チームで向かったら、命がいくつあっても足りないかもしれないから、当然と言えば当然かもしれない。

俺は、昨日の訓練のせいでできなかった依頼を受けることにした。

クエストボードの下段にある古びた依頼書『ゴブリン討伐』だ。

俺は、依頼書をクエストボードから剥《は》がし、受付カウンターへ移動した。

受付にはキャサリンさんがいたので、そのカウンターで受付をお願いした。

「おはようございます、キャサリンさん。これ、受けたいんですけど」

「あらおはようカイト君。『ゴブリン討伐』は常設依頼だから、特に申請はいらないわよ。それに、あいつらの繁殖力《はんしょくりょく》はかなりのものだから、昔から〝一匹見つけたら十匹はいると思え〟って言われるくらいよ。討伐の証《あかし》として、ゴブリンの左耳を持ってくればいいわよ」

なるほど、『ゴブリン討伐』は常設依頼だから受付の必要はなしっと。

〝一匹見つけたら十匹はいると思え〟とな……

つまり、ゴブリン《Goblin》の〝G〟は憎《にく》きあやつらと同じ〝G〟の系譜ということか……

そして、討伐完了の証拠にゴブリンの左耳を持ってくればいいと……

……切らなきゃダメ？

ついでに、まだ受付をしていた『薬草採取』の依頼も受けた。

一昨日と同じ内容だ。

これじゃあ、どっちがついでだかわからなくなったな。

報酬《ほうしゅう》のトータルは銅貨三十五枚に、プラスいくらかか。

正直、これが高いのか安いのかもわからない。

「それじゃあ、行ってきます」

「気をつけてね？　必ず帰ってくるのよ？」

キャサリンさんに「はい」と返事をしながら、俺は冒険者ギルドを後にした。

それから俺は、この前と同じく東門を出て東の森に向かう。

ちなみに、門番は昨日と同じ人だった。

「ちゃんと帰ってくるように」って言われて、ちょっとだけ嬉しくなったのは内緒《ないしょ》だ。

それよりも……いつ休んでんの門番さん!?


森に着くまでは、普通の道だ。

馬車が通れるだけの道幅に、土が固められている。

まあ、綺麗《きれい》かどうかは別として、歩きやすいから助かるっちゃ助かる。

途中から枝分かれをしていて、直進が隣の町への街道。左にそれる道が東の森への道となっている。そこから先は、人が歩いてできた細い道だ。

左に少し進むと、目の前に大きな森が姿を現した。

改めて見ると、あまり気味のいい場所ではないな。

鬱蒼《うっそう》と生い茂る木々が、空からの光を遮《さえぎ》っているようだった。

意を決して東の森へ入ると、一気に空気感が変わった気がした。

モンスターの出現する可能性が跳《は》ね上がった瞬間だった。

さっきまでのすがすがしい陽気から一変して、肌《はだ》にまとわりつくような、そんな陰湿《いんしつ》さが感じられた。

一昨日はそれを感じられなかったってことは、ある意味危険な状態だったのかもしれない。

おっちゃんとの訓練が生きてるんだろうな。

とりあえず経験の少ない俺は、一昨日来た場所でヒール草を探した。

案の定すぐに見つけることができたので助かった。

さすがに一昨日見つけた薬草だから、探すのは楽だった。

それから周辺を隈《くま》なく探し、すぐに必要な数がそろった。

だが、肝心《かんじん》のゴブリンがまだ見つからない。

しばらく警戒しながら周りを見まわしていると、背後からガサゴソと音が聞こえてきた。

俺は少し驚きつつも、すぐに振り返り剣を構えた。

この辺は、おっちゃんのしごきの賜物《たまもの》だったのかもしれないな。

しかし、背中に大量の汗が流れるのを感じていた……

警戒を解かずに構えていると、藪《やぶ》の中から一匹の小さな人影が姿を現し、目が合った。

おそらく、こいつがゴブリンだと思う。

見た目は子供と言ってもいいくらいの身長で、かなりのやせ形だ。

若干《じゃっかん》あばらが浮き出ているようにも見えた。

特徴はその肌《はだ》の色。緑色でところどころ薄汚れていた。

顔は醜悪《しゅうあく》そのもので、見ているこちらが気分を害する、そんな感じがした。

そして、ずっと唾《つば》を飛ばしながら何かをしゃべっているようだったが、俺には聞き取ることはできなかった。

ゴブリンは手にしたこん棒のようなものをずるずると引きずりつつ近づいてくる。

俺は油断なくゴブリンを見据えた。

おっちゃんのおかげで、思いのほか緊張感は薄かった。

ジワリ……ジワリ……

俺は正面に剣を構えたまま、ゴブリンに近づいていった。

しかしゴブリンは焦《あせ》ったのか、突然こん棒を大きく振りかぶり、襲いかかってきた。

――遅い!?　ゴブリンの動きはあまりにも緩慢《かんまん》で、隙《すき》だらけだった。

俺は左脇をすり抜けざま、剣を思いっきり振った!!

「胴《どう》～～～～～～!!」

癖《くせ》とは恐ろしいものだ……


つい口に出してしまったが、綺麗《きれい》にゴブリンの左脇腹を斬り裂くことができた。

すると、大量の体液らしきものがゴブリンの脇腹から噴き出る。

傷が深かったためか、ゴブリンは片膝《かたひざ》をついて倒れかけていた。

「グギャ!!　ギギャギャ……グ……ガ………」

ゴブリンは脇腹を押さえ、よろよろと立ち上がろうとするも、果たされることなく、そのまま地面へ倒れ込んだ……おそらく死んだと思う……

しばらく剣を構え警戒を続けたが、動く気配はなかった。

俺の……勝ちだ……!!

それにしても、おっちゃんと模擬戦《もぎせん》をやっててよかった。

でなきゃ、反応が遅れてケガをしていたな……

俺は初めて生き物に手をかけた……モンスターを殺した……

手には嫌な感触が残っている。きっと、これが斬り殺す感触なんだろうか。

その感触はなんとも言えず、ぬるっともずるっとも言えない……そんな感じだ。

それにしても、ゴブリンの血は青いんだな……赤くないだけまだマシなのかもしれない。

そこで俺は一瞬気が緩《ゆる》んだようだ。

胃の中からせり上がってくるものを耐えきれなかった。

その場で蹲《うずくま》り、胃の中がカラになるまで吐《は》き出してしまった。
どれくらい時間が経ったのか……
やっとのことで吐《は》き気が収まり、俺は自分の手を見つめていた。
時間が経ったのにずっと震えている。
「そうか、これが〝殺す〟ってことなのか……」
命の軽さが身に染みてわかった瞬間だった。
それから、俺は気がついた……これ……本当に切らなきゃダメ？
俺……頑張《がんば》った。めちゃくちゃ頑張《がんば》った。
右手に嫌な感触を感じながら、ゴブリンの左耳を持ち上げそぎ落とした。
それに、解体用のナイフなんか持ってないから、剣で切ったんだが……
ものすごく切りづらかった、とだけ言っておこう。
冒険者の皆様に敬意を表します。スゲ～よ、マジで。
剥《は》ぎ取った後、しばらくすると不思議な現象が発生した。
ゴブリンは黒い靄《もや》に覆われたかと思うと、跡形もなく消え去った。
どういうこと？　そういうもんなの？　だったら、教えてくれてもよかったよね？
でもこれで、あいつらが普通の生き物じゃないってことは理解できた。

むしろ、ゲームじゃないのかって思えてしまうくらいだ。
それにしても……はあ……あと四回か……
俺のテンションは、がた落ちだった。
でも、こうしてもいられない。
よし、気を取り直して周辺の探索だ。
俺はゴブリンの探索を再開する。
ゴブリンがいそうな場所がわからないので、地道に歩いて探すしかなかった。
探索の途中でヒール草を見つけたため、ついでに採取していた。
まあ、ヒール草は追加分を引き取ってもらえるって言ってたし。
しかし、いくら探してもゴブリンが見つからない。
どこにいるんだか、皆目《かいもく》見当もつかない。
これだったら、キャサリンさんに出現ポイントとか聞いておくんだったよ。
仕方がないので、俺はヒール草の採取に勤《いそ》しんでいた。
……現実逃避ではないからね？

しばらくヒール草を探しながら歩いていると、少し遠めの前方にゴブリンの集団を見つけた。
キンキンキン!!　ガン!!

同時に、戦闘音も聞こえてきた。

すでに、冒険者パーティーと交戦状態だったようだ。ゴブリンの数は五匹。戦う冒険者パーティーも五人。

俺は、木の陰から観察することにした。

「グギャガギャガガギャギャ!!」

「くそ!!　こいつらつえぇでやんす!!」

「おい何やってんだ!!　邪魔すんじゃねえ!!」

「うるせぇ!!　マキシマムこそ邪魔すんな!!」

「騒いでないで、手を動かせ!!」

戦闘で無意味に叫《さけ》ぶ必要あるのか？

俺は気づかれないようにさらに距離を詰め、再び木の陰で様子を窺《うかが》った。

あれは……おそらく先日の酔っぱらいの自称先輩冒険者——マキシマムたちだ……

五人のパーティーだったのか。

ガン!!　ゴン!!　ドガン!!

一人が大盾を構えて、単調に突進してくるゴブリンたちの攻撃を防いでいた。

あれが盾役ってことか？　残りの四人は……ただがむしゃらに剣を振り回していた。

ああ、なるほどね。騒いでいるのがその四人か。盾役は盾を支えてるだけで手いっぱいって感じだ。

「おいこら!!　人の獲物に手ぇだすんじゃね～よ!!」

「うっせ!!　俺の方が近かっただけだろうが!!」

「黙って攻撃するでやんす!!　死にたいでやんすか!!」

「デブリング!!　さっきから邪魔だ!!　でかすぎて前が見えないだろ!!　少しはやせやがれ!!」

おいおい、連携なんてあったもんじゃないな。

これじゃあ、勝てるものも勝てない。それに、ゴブリンの数も五匹だ。だんだん盾役が押し込まれていく。

ガンガンガン!!

ゴブリンですら連携をかけて、絶え間なく攻撃を仕掛けてきている。

つまり、どんどんと盾役が押されていく。

そりゃそうだ。二、三匹なら、こんな戦い方でも通用するかもしれない。

でも、あれだけ数が多けりゃ、力負けしてしまうのも頷《うなず》ける。

その他のメンバーが、ゴブリンの波状攻撃の邪魔ができれば問題ないんだろうけど……

「グギャ!!」

「ぐわ!!」

あ、ゴブリンが盾役の隙《すき》を突いて、脇から出すぎていた一人を後方へ殴《なぐ》り飛ばした。

ここから見える限りでは、まだ少し動いているから、死んではいないようだが……あれだけの吹き飛び方だと、早めの治療《ちりょう》が必要になるはずだ。

ガコン!!

「ぐうぉわああ!!」

あ、盾役も結局耐え切れなかったか。だいぶ吹っ飛ばされたな。

これは本格的にやばそうだな。完全に戦線崩壊だ。

ここまでくれば、倒れた仲間を担《かつ》いで逃走。一名が殿《しんがり》を務めて時間稼《かせ》ぎ。これが定石《じょうせき》だろうか。

しばらく状況を見守っていると……あ、目が合った?

戦況確認に夢中になりすぎて、距離が近くなってしまっていたみたいだ。

マキシマムと目が合ってしまった。

あいつが、何かを仲間に伝えてる? 状況打開の名案でも考えついたのかもしれない。

すると、残りのメンバーとともに一つ頷《うなず》くと、一目散に走り出した。

どっちに向かう気なんだ? って、こっちくんなし!!

マキシマムたちは、倒れたメンバーを放っておいて、俺に向かって走ってきた。

それにつられて、ゴブリンどもも俺に向かってきた。

これ、絶対に巻き込まれるやつだろ!?

俺は慌《あわ》てて、剣を抜いて構えた。

「わりいな!! 俺たちの代わりに死んでくれ!! あとで骨は拾ってやる!!」

「頼んだ!!」

「頼んだでやんす!!」

そう言いながら、マキシマムたちは俺の脇を通り抜けて、そのまま逃げていった。

取り残された俺はというと……案の定ピンチだ。

あっという間に、ゴブリン五匹に囲まれてしまった。

「あいつら……ぜったいゆるさねぇ～!!」

俺の体から呪詛《じゅそ》に似た何かが発せられたのか、ゴブリンが若干《じゃっかん》たじろいだ気がした。

「くそったれが!!」

やけくそだこんちくしょう!!

俺は右下段に剣を構え、目の前のゴブリンとの距離を詰めた。

俺の動きが急だったためか、ゴブリンたちは連携がうまく取れないようだ。

俺はそれを好機ととらえ、一匹一匹順番に捌《さば》いていくことにする。

「どりゃ!!」

一匹目を右下から左上に向かって斬り上げた。

うまく斬ることができたらしく、ゴブリンの胴体は斜めにずり落ちるのが見えた。

「もういっちょ!!」

そのままの勢いで、間髪いれずに隣にいたゴブリンに左上から斬りかかった。

そのゴブリンは仲間がやられて驚いていたのか、体が硬直して身動きが取れないでいた。

おかげで、俺の剣は吸い込まれるようにゴブリンに入っていき、そのまま体を縦に斬り裂く。

ゴブリンが地面に倒れた地面には、青い体液がおびただしい量ぶちまけられている。

残りのうち二匹は仲間がやられたことで連携を放棄し、奇声を発しながら殴《なぐ》りかかってきた。

怒気を含んだ目は血走り、口元からは泡が吹き出ている。

激しい叫《さけ》び声とともに、二匹のゴブリンは俺に突っ込んでくる。

二匹はこん棒をやたらめったら振り回していて、まともに喰《く》らえばこちらもダメージを受けてしまいそうだ。

「甘いわ!!」

二匹の同時攻撃を一歩後ろに下がって躱《かわ》し、まとめて横一文字で斬り裂いた。

だが、踏み込みが少し甘かったせいか、完全に両断することはできず、斬った腹から内臓が飛び出していた……

その二匹はその場に倒れ込み、しばらくもがき苦しんでいたが、やがてその動きを止めた。

そしてまた、新たな体液の水たまりができ上がる。

最後のゴブリンは仲間の仇《かたき》と言わんばかりに、勢いよくこん棒を振りかぶってきた。

怒り任せの攻撃だからか、攻撃が大雑把《おおざっぱ》で、俺でも捌《さば》きやすそうだ。

ゴブリンの渾身《こんしん》の力で振り下ろされたこん棒を、俺は少しだけ右に避けて躱《かわ》す。

そして、俺はフェンシングのように右手一本でゴブリンの胸に剣を突き刺した。

剣は面白いようにゴブリンの左胸に入っていく。

切っ先は心臓にまで達していたようで、その一撃が致命傷となった。


動かなくなったゴブリンたちを見ながら、周辺を警戒した。

敵影なし……戦闘終了……

俺は一息つくと、剣の汚れを綺麗《きれい》にふき取り、鞘《さや》へと戻した。

少し余裕が出てきたので周りを見渡してみると……グロ!! 全体的にグロい……

周辺には、ゴブリンの青色の体液が、大量にまき散らされている。

もしこれが赤い体液だったら、俺はきっと精神を壊していたに違いない。

それほどまでに凄惨《せいさん》な現場になってしまった。

でも、これが本当の意味での戦闘なんだろうなと、どこか納得してしまっている自分がいた。

俺は倒したゴブリンの左耳を切り取っていく。

やはりナイフがないので剣を使ったが、本当に切りづらい。

そして、切り取った順番でゴブリンたちは黒い靄《もや》となって消えていく。

本当に不思議な光景だ。

すべての依頼を完了させた俺は、東の森を後にした。

倒れたやつ？　知らん。きっとそのうちマキシマムたちが戻ってくるだろうから、俺は関係ない。むしろ、そこまでする義理がこちらにあるのか疑問すぎる。

やっとの思いで街へ帰還した俺は、その足で冒険者ギルドへ向かった。

受付カウンターにはキャサリンさんがいて、ヒール草十本と耳六枚を渡して完了報告とした。

「ただいま帰りました。確認お願いします」

「おかえりなさいカイト君。まずは耳が六枚ですか……明らかに新人の倒せる量ではないですよ？　ヒール草はうん、ちゃんとした品質ですね。じゃあ、この木札を持って精算してくださいね」

言われた通り、精算カウンターで精算を終えた。

確かに報酬《ほうしゅう》がきちんと入っていた。

俺は報酬《ほうしゅう》が入った布袋を受け取ると、冒険者ギルドをすぐに出た。

正直、俺はあまりにも面倒くさくて、今日あったことをキャサリンさんに報告し忘れてしまった。

もう立っているのも限界だった。

ただ、宿に戻った俺は、このままでは寝れないと思い、一度井戸の水で全身を綺麗《きれい》にする。

さっぱりした体で、そのままベッドへダイブ。

俺は今日の出来事を思い出していた。ゴブリンとの戦闘。斬り裂く際に手に残った感触。

やっぱり慣れないといけないのか……疲れたな……おやすみなさい……

■五日目　厄介《やっかい》ごとはテンプレ通りにやってくる

朝起きて、俺は井戸に来た。

外の気温は寒くないものの、水の温度も高くはなかった。

井戸水で顔を洗えばすっきり爽快《そうかい》……ってならないな。

せめて石鹸《せっけん》が欲しい……

だが、教えてもらった雑貨店を見ても売ってなかったし、どうしたものかな。

あと風呂!!　風呂に入りたい!!

濡《ぬ》れたタオルで身体を拭《ふ》いた程度だとすっきりしない。

どうやら俺は生粋《きっすい》の日本人らしく、風呂に恋焦《こいこ》がれてしまったようだ。

そんなこんなで井戸水で朝の身支度《みじたく》をしていると、何やら騒がしい声が聞こえてきた。

痴話《ちわ》げんかはよそでやってほしいな。

幼い男女が揉《も》めていて、それをオロオロしながら少女がなんとか諫《いさ》めようと努力している。

話しぶりから、昨日の依頼結果についての口論みたいだ。

互いの意見をぶつけ合い、より上に行こうとするその向上心。

うん、今の俺には全くない心だな。

そんな三人を見ていると、そこに別の人物が現れた。

朝の出がけに挨拶《あいさつ》してくれる従業員さんだな。

彼は少年たちの意見を平等に聞き、何かを諭すように語りかける。

脅《おど》したり、怒ったりではなく、子供たちが聞きやすいように目線を合わせて。

その内容に納得したのか、喧嘩腰《けんかごし》だった二人は握手《あくしゅ》を交わし、オロオロしていた少女もほっと胸をなでおろしていた。

うん、この井戸端《いどばた》にもドラマが存在していることに、ここがリアルな世界だと再認識する。


朝の身支度《みじたく》を終えた俺は、食堂へと向かった。

今日の朝食は……スクランブルエッグに厚切りベーコン。堅《かた》パンとスープだった。

相変わらずうまい。ちゃんと堅《かた》パンはスープに浸《ひた》して食べている。

意外と食べやすくてびっくりした。

朝食を食べ終えた俺は、冒険者ギルドへと向かったんだけど、なぜか変な雰囲気《ふんいき》が漂っていた。

遠目から俺を見てクスクス笑っているやつらもいる。

正直気分はよくないな……

まあ、状況はよくわからないが、とりあえずクエストボードの依頼を確認しよう。

そう思って俺がクエストボードに近づくと、マキシマムたち三人が近づいてきた。

これ絶対、面倒になる……ついてない。

「おい、てめえ!! よくも人の獲物横取りしやがったな!! てめえのせいで、こちとら赤字だこの野郎!! どう落とし前つけてくれんだよ!!」

はぁあああああああ~~~~!?

意味わかんないんですけど? 俺、死にかけたんですけど? むしろこっちが慰謝料請求案件なんですけど!?

「てめえ!! なんとか言ったらどうなんだ!? おう!?」

だめだ、こいつら頭悪すぎる……どうしたものか……

俺が悩んでいると、それをビビッたと勘違いしたらしく、マキシマムたちが大いに騒ぎ出した。

しまいには盾役のケガすらも俺のせいにしはじめる。

さすがにこれには怒りが込み上げてきた。

「さっきからごちゃごちゃごちゃごちゃうるせんだよ!! ゴブリンからしっぽ巻いて逃げたやつらが偉そうにしてんじゃね~よ!! それと、仲間が二人ほど少ないみたいだけど、ゴブリンにボコボコにされた盾役は生きていたか?」

ついやっちまった。売り言葉に買い言葉。さすがにやりすぎた感が否めない。

周りの冒険者たちも遠巻きに煽《あお》る。

舐《な》められたら終わりの世界だ。もう容赦《ようしゃ》なく暴れよう。

さすがに、ゴブリンから逃げ出すやつらに負ける気がしない。

しばらくにらみ合っていると、受付からキャサリンさんが出てきた。

それだけで場が静まり返る。

さっきまで煽《あお》っていた冒険者たちまで急に静かになった。

「あなたたち、ここは喧嘩《けんか》する場所ではないわよ？　いいわね？　それに、周りで騒いでた子たち……覚悟しな!!」

一気に二十度くらいは温度が下がった気がした。

声からするとそれほど若くはないと思うけど、そのふんわりとした雰囲気《ふんいき》と幼さが若干《じゃっかん》残る容姿から、一瞬年齢を疑いそうになる。それでこの迫力だから、キャサリンさんがいったい何者なのか気になって仕方がない。

「姉御《あねご》、そりゃないでやんすよ。こいつが俺らの獲物を奪ったせいで、こっちは依頼失敗するわ、装備品の修理で金はかかるわで、赤字なんでやんすよ？」

「そうだぜ姉御《あねご》!!　そいつがわりぃんだから、そいつにケツ拭《ふ》かせりゃ済む話ですぜ？　わざわざギルドが出張る必要はねえってもんだぜ」

「そういうこった。おい新人!!　さっさと金出して謝りやがれ!!」

どん!!

キャサリンさんが床を踏みつけた……

たったそれだけの行動で、三人が一斉に静かになった。

そして、目が笑っていない笑顔で、キャサリンさんはさらに話を続けた。

「カイト君以外はこのままおとなしくしていてください。騒いだら……わかってますね？」

ほんと、キャサリンさん何者⁉

あの荒くれ者たちがみんな頭を縦に振っている。まるで首振り人形みたいに、ブンブンと音が聞こえてきそうだった。しかも、威圧だけでだ。

「それとカイト君。ギルマスが君を呼んでます。私と来てくれますね？」

そりゃもう答えは決まっている。ＹＥＳ‼

そしてそのまま、キャサリンさんの後についてギルマスの執務室へ移動した。

途中あの三人に目をやると、そわそわと落ちつきがなく、目も泳いでいた。

どうやら、俺が連行されたらまずいようだ。

おそらく、ウソの報告をギルドに上げているのだろう。

なんにせよ、面倒くさいことになりそうだな……

すぐに『執務室』という看板がぶら下がっている部屋の前に着いた。

ここがギルマスの執務室なのだろうか。

コンコンコンと、キャサリンさんが扉をノックする。

「マスター。件《くだん》の冒険者を連れてまいりました」

「おういいぞ。入れ」

中から渋《しぶ》いおっさんの声がした。

この声どっかで聞いたような気がするが……きっと気のせいだろう。

執務室の中は、意外とござっぱりしていた。

てっきり、ゴテゴテした装飾とかありそうだと思ったんだけどな。

〝悪徳ギルドマスターここにあり!!〟みたいなテンプレをつい期待してしまった。

キャサリンさんに促されて中に入ると、大きな執務室の机が目についた。

華美というわけではなく、実用性重視なんだろうか。

すごい書類の量でもビクともしなかった。

そして、書類の奥の執務机で、そんな書類に埋《う》もれながら格闘しているマッチョなおっさんがいた。

あ、あのときの訓練場のおっちゃんだ。

「おう来たな。まあ座れや」

俺は、執務室の手前に備えつけられた応接セットのソファーに腰を下ろした。

このソファーは、見た目と違って意外とクッション性がよく、長時間ここで無駄話をしても快適だと思えた。

まあ、マッチョなおっちゃんと長話なんてしたくはないんだけどね。

すぐにキャサリンさんがお茶まで用意してくれた。

「もうすぐ書類の処理が終わると思うから、少し待っててくださいね。ギルマス、さっさと書類の処理を終わらせなさい」

「わ〜ってるって。ねえ……ウォッホン、キャサリンさんもお茶を飲んでゆっくりしていてくれ」

そう言うと、ギルマスがまた書類との格闘に戻っていった。

大事なことを言いかけていたようだけど、その瞬間キャサリンさんから何かが発せられたようで、すぐに言葉を引っ込めた。

カチ……コチ……カチ……コチ……

いまだおっちゃんの書類整理が終わらない……

なんだこのいたたまれない空気は……

カチ……コチ……カチ……コチ……

二杯くらいお茶をお代わりした頃だろうか。

どうにか書類の処理が終わったようで、こっちにおっちゃんが歩いてくる。

「待たせたなあ」

相も変わらず渋《しぶ》い声だな……

おっちゃんは疲れたと言わんばかりにソファーにドカンと腰を下ろした。

その衝撃にものともせず、ソファーはおっちゃんのすべてを受け止め、包み込んでいた。

なんだこの性能抜群なソファーは……

腰を下ろした後もゴキゴキと音を立てながら体を伸ばしているところを見ると、全身が凝《こ》り固まるくらいの時間を使って処理していたことがうかがい知れた。

「とりあえず事情聴取だ。っとその前に、自己紹介がまだだったな。俺はここのギルドマスターをしているシャバズ・ウォルド＝ウィリアムズだ。呼び方は……特に決まってね～から、好きに呼んでくれて構わん」

「なら、適当に呼ばせてもらうよ。それじゃあ、わかっているとは思うけど、俺の名はカイト・イシダテだ。カイトでもイシダテでも好きに呼んでくれ」

そう言って手を伸ばすと、きちんと握手《あくしゅ》で返してくれた。

井戸端《いどばた》でも見たが、握手《あくしゅ》の文化はこっちの世界にもちゃんとあるらしいな。

「それで本題に入るんだが、お前さん、昨日常設依頼のゴブリン討伐の報告をしたろ？　で、その左耳はどっから取ってきた？」

「何を聞きたいかわからないけど、普通にボコって切ってきたに決まってるでしょうに」

あ、これ完全に疑われてるパターンだ……

もし俺があの場で死んでいたら……死人に口なしってやつか……

めんどくさいけど、昨日あったことを説明した。

東の森を探索中に戦闘を確認。盾役が倒れて戦線崩壊。近くにいた俺を発見し、擦《なす》りつけて逃走。俺は五体のゴブリンと必死に戦闘。討伐後左耳を回収。やっとのことで街へと帰還。

と、まあ、かいつまんで説明をした。

それにしても、よく生き残ったもんだよ、まったく。

「そうか、しかしな、今朝それについて物言いがついた。自分たちが必死に倒したゴブリンの死体から左耳をかっさらったやつがいるって。そいつがお前さんだっていう話だ」

……あいつら絶対シメる。

「つまり、俺がウソの申告をしたってことになってるってわけね？」

「ありていに言えばそうなるな」

これって、キレていいやつだよな？　直接絡んでくるだけでも腹が立つのに、ギルドにウソの報告までして俺をはめようとするなんて……

さすがに温和な俺でも、あいつらを帰らぬ人にしたい気分だ。

おっと、それはさすがにまずいか……

「おいおい、そんなに殺気を漏《も》らすな。それにしても、若いのによくそれだけの殺気を放てるもんだ。それなりの経験をしてきたんだろ？」

「いや、俺はこの前なったばかりだろ？　冒険者……」

おっちゃんが何かよくわからないことを言い出したけど、俺としては秩序《ちつじょ》正しい現代社会からいきなりこっちの世界に連れてこられたのだから、こっちの常識なんて知る由《よし》もない。

今はこの状況をどうするか……って方が大事だな。

「つまり、俺がウソの報告をして、依頼達成をでっちあげ、その報酬《ほうしゅう》を得た。やつらはそれを返せと言ってきている。ギルドとしてはそれを調査しなくてはならない……ってことでいいのか？」

「まあ、簡単に言えばそうなるな。ウソの申告による依頼達成は厳罰だ。お前さんは最低ランクだから資格の一発停止だ」

マジかよ……ブラック企業も真っ青だな。調べもしないで、俺を悪者にしやがったぞ……

「なるほどね……つまり、ギルドはあいつらの言い分のみ信用して、俺の説明は無視するってことでいいのか？」

「そうは言わんが……お前さんとしては、あいつらがウソの申告をしているってことか？」

おっちゃんの鋭い視線が俺を貫く。

だが、そんな視線に臆《おく》するわけにはいかない。

無実の罪を着せられて、資格はく奪なんぞ納得がいくわけない。

「それにだ、俺はあいつらからモンスターを擦《なす》りつけられて、いきなり五匹と戦う羽目《はめ》になったんだ。どっちに非があるかなんて明白だろ？　それとも何か？　それでも俺が悪いって言うのか？」

「確かにその通りだな。お前さんが言うことが真実ならって条件付きだがな」

おっちゃんは少し考え込んでいた。

ちゃんと調べないからそうなるんだって話だよ。まあ、調べようがないってことでもあるけど。

よし、ここでだめ押しをしておこうかな。

「それに、あいつら……下にいる三人は、自分の仲間が二人倒れたのに逃げ出したんだぞ？　その二人がどうなったか、俺にはわかんないけど、気絶で済んだらラッキーだろうな」

「そうか……わかった……すまねえ、ちょっと下へ行ってくる……このままここにいてくれ」

そう言うと、おっちゃんはソファーから立ち上がり、そのまま下に向かっていったんだが……

その様子はまじちびりそうだった……怒らせなくて正解だったかな？

つうか、どこの漫画だよってくらい、こめかみに青筋がくっきり出てたし。

「ああなると、止められないわね。カイト君、戻ってくるまでお茶にしましょう。ギルマスのとっておきのお菓子を出すわね」

なんて言っていいんだろうか……キャサリンさんの肝《きも》の据わり方が半端《はんぱ》ない。

むしろ、ただの受付嬢ですって言う方が無理があるんじゃないか？

おっと、これ以上は考えない方がよさそうだ。

俺の考えを察知したのか、給湯室からよくわからないプレッシャーがかかってる。

うん、キャサリンさんは受付嬢。キャサリンさんは受付嬢。ＯＫ、大丈夫だ。

「それにしても、キャサリンさんのお茶、めちゃくちゃうまいですね。自分で淹《い》れたことがあるけど、こんなにうまく淹《い》れられませんでしたよ。何かコツでもあるんですか？」

「ありがとう。お世辞《せじ》でもうれしいわ。コツはそうね……愛情かしら？　それより、お代わりいかが？」

キャサリンさんが淹《い》れてくれたお茶はめちゃくちゃうまかった。

香りもいいし、味も旨味《うまみ》がきちんと出ていて、渋《しぶ》みが少ない。

かといって、だらっとしているわけではなく、すっきりとした味わいだった。


しばらくキャサリンさんのお茶を堪能《たんのう》していると――

ガシャーーーーン!!　ドガン!!　ズガ～～～～ン!!　グシャ!!

一階から大きな破壊音やら絶対に聞こえてはいけない音が聞こえてきた。

それにしても、ぎゃあぎゃあぎゃあぎゃあぎゃあと騒がしいな。

あ、音がやんだ……叫《さけ》び声も聞こえなくなった。

うん、お茶うめぇ～なぁ～。


「待たせたなあ」

下が静かになってからどれほど時間が経過したことだろうか。

ようやくおっちゃんが戻ってきた。

それにしても、おっちゃんは……真っ赤だった。

出ていったときはこめかみが真っ青だったんだけどね……なんで今は赤いんだろうか。

鉄さび臭が全身から醸《かも》し出されているが、今は気にしてはいけないんだと思った。

俺は空気が読める日本人だからね!!

「悪かったな。おまえさんは無罪放免だ」

疲れた様子でドカリと腰を下ろしたおっちゃんは、なんとなくけだるげにそう告げた。

どうやら、これで俺の冤罪《えんざい》は晴れたようだった。

って割には、なんだか対応が軽くない？

むしろあいつらがウソついていたんだから、当たり前って言えば当たり前だったんだけどね。

なんで冤罪《えんざい》になりかけたのか理解できん。

「それで、あいつらどうなったんです？」

俺は怒りをなんとか抑え込み、頑張《がんば》って言葉を紡《つむ》いだ。

その言葉に対するおっちゃんの答えは……

「あのパーティー全員降格だ」

ざまぁｗｗｗ　まじざまぁｗｗｗ
どうにか大笑いするのを堪《こら》えた俺は、おっちゃんと二、三回言葉を交わしてやっと解放された。

執務室から一階フロアに戻ると……見てはいけないものが広がっていた……ってほどではなかったんだけど、ギルドスタッフ総出で黙々と掃除《そうじ》をしていた。

とばっちりに近い状況で、呑《の》みに来ていた冒険者も手伝いをさせられていた。
さすがにそのまま素通りができる雰囲気《ふんいき》ではなかったので、俺も掃除《そうじ》を手伝った。
その際に見た真っ赤な液体の痕《あと》は……気にしないことにした。

掃除《そうじ》が終わった頃には昼を過ぎていて……
さすがに今から東の森に行っても依頼が達成できるか怪しい。
今日は依頼を受けるのを諦《あきら》めるしかないかな……
はあ、今日もまた依頼をこなせなかった……
俺はそのまま宿舎に帰ることにした。

■六日目　ステータスの確認

今朝のご飯は……お、これは!!　な、ナ、納豆だと!!
これ絶対、過去に日本人が召喚されてるだろ!?
俺が初めての日本人じゃないことが確定した瞬間だった。
どんだけ召喚してんだよ王国は……

それはともかく……懐かしいな……もう食べられないと思ってた。うまいな……

食堂のおばちゃんに聞いたら、ずっと昔に召喚された勇者様と賢者様が作ったんだとか。

この世界でも米に近い穀物の栽培《さいばい》が行われていて、それを見た賢者様がどうしても食べたくて、使える豆を見つけて作ったんだとか。

最初は全く広まらなかったんだけど、勇者様と賢者様がうまそうに食べているからと徐々に世界に広まったそうだ。

ちなみに、美容効果が期待できるってことで、貴族社会に爆発的広がりを見せたのはいまだに語り草になっているらしい。なぜなら、最初ににおいと見た目から納豆を否定したのが、貴族の奥様方だったからだそうな。でも美容に効果があることを知って、クルッと手のひらを返したらしい。

うん、過去の召喚者に敬礼!!

でもさ……欲を言えばご飯が欲しかった……

ハムチーズエッグに堅《かた》パンと納豆って、どんな組み合わせだよ!!

だけど、みんな普通に食ってるんだよな。

郷に入っては郷に従えと言うし、頑張《がんば》って食べますよ……って意外と合うな。

とまあ、なんだかんだで朝食を堪能《たんのう》した俺は、一つ気になることがあった。

昨日、どこかから不思議な声が聞こえたのだ。

その声は、俺に〝レシピ〟なるものをくれた。

そもそもレシピが何かはわからないが、どうやって確認すればいいのだろうか……

とりあえず、冒険者ギルドに行って聞けば教えてくれるだろう。

朝食の後、身支度《みじたく》を終えた俺は隣の冒険者ギルドへと向かった。

宿舎の門でいつもの従業員からいつものように「行ってらっしゃい。気をつけて」と言ってもらえた。

うん、今日も一日気をつけて頑張《がんば》ろう。


冒険者ギルドに着いた俺は、違和感を覚えた。何かが違うと俺の本能がそう告げている。

昨日までとはうって変わって、とても静かだったからだ。おかしい……

これがテンプレだったら、別の冒険者から絡まれるはずなんだけどな？

こうもテンプレが発動しないと、逆になんだか気持ちが悪いとさえ思えてしまう。

俺はライトノベルに毒されているのか？

まあ、いいか。ギルドが静かなのに越したことはないしね。

ちなみに、ギルド会館内は昨日の崩壊がウソのように、壁の穴や壊れた机などが綺麗《きれい》に補修されていた。

おそらく俺が帰った後、職員が必死で直したんだろうな……

俺はそんな綺麗《きれい》になったギルド会館のエントランスを抜けて、受付カウンターへ向かった。

今日もキャサリンさんはいつもの席に座り、いつものように仕事をバリバリこなしていた。

こう見ると、なんだかできるオネエサンに見えるから不思議だ。

「キャサリンさん、おはようございます。ちょっと聞きたいことがあるんですが、いいですか？」

「おはようございます。カイト君。昨日はごめんなさいね。それでどんなこと知りたいの？」

俺は王城で調べた際に知った自分の職業とスキルについて確認したんだが……

職業【なんでも屋】とスキル【ＤＩＹ】は、冒険者ギルドの過去の記録にもないとのことだった。

なんでも、ギルドができて数百年になるらしいけど、一度もそのような職業とスキルは報告されていないそうだ。

なので、どうやって確認したらいいか聞いてみたら、簡単だった。

たった一言、〝ステータス〟と唱えればいいだけらしい。

キャサリンさんからは「これって常識よ？」って目で見られたけど、気にしたら負けだと思い、あえて気にしていないふりを貫いた。

だが、本当はものすごく恥ずかしかった。

「ステータス」

気を取り直して唱えてみた。

ちなみに、声に出さなくてもいいらしい。先に教えてくださいよ、キャサリンさん……

すると、俺の目の前に透明な板が現れた。

「キャサリンさん、なんか透明な板が出てきたんですが？」

「それが〝ステータス〟よ。見せようとしないかぎり、他人には見えないから安心して。ただし、人のステータスが覗《のぞ》けるスキルを持った人間もいるから、万全とは言いがたいわね」

本当に謎仕様であるとしか言いようがないな。

名前：カイト・イシダテ　年齢：25　性別：男性　種族：ヒューマン
職業：なんでも屋　称号：転移者
■ステータス
HP：1000／1000　MP：0／0　SP：20／20
体力：10（+3）　力：50（+3）　知力：1　魔力：1　素早さ：70（−3）　魅力：5　幸運：50
■スキル
技能：DIY　レベル1……低級アイテムの作製▼
魔法：なし
■装備
頭：なし
体：豚革の鎧（体力1UP・素早さ1DOWN）
腕：なし

腰：豚革の腰当（体力1UP・素早さ1DOWN）
足：豚革の靴（体力1UP・素早さ1DOWN）
右手：ショートソード（力3UP）
左手：なし
装飾品：なし

うん、強いのこれ？　うわ～力と素早さだけが突出してるね……これっていわゆる……脳筋って
やつですか……そうですか……バカでごめんなさい……

キャサリンさんに、俺と同じGランクの冒険者について聞いてみた。

個人情報だから詳しくは教えられないとのことだったけど、俺のステータス値を簡単に伝えて、
俺と比較してどうかってことは教えてくれた。

正直、ここまで極端な例は聞いたことがないらしい。

つまり、稀《まれ》に見る脳筋……

キャサリンさん曰《いわ》く、魔法は諦《あきら》めるしかないかもしれないってことだった。

俺のファンタジー返してくれ!!

ただし、救いもあった。

このステータスの示す『知力』はあくまでもステータス上であって、実際の頭のよさにはあまり影響がないそうだ。

でも、高いに越したことがないけど、と付け加えられたのが引っかかってしまう。

そしてもう一つ、俺の心を折るステータスを発見してしまった……

魅力値が……5。

キャサリンさんは、床に這《は》いつくばった俺を優しく慰《なぐさ》めてくれた。魅力値だけがその人の魅力じゃないからと……

よし、気を取り直していこう。

「取り乱してしまって申し訳ありません。クエストボードを見てきますね」

しかし、当然のように依頼はほとんど残っていなかった。

やはり朝の争奪戦が起こっていたんだろうな。

無理やり引きちぎっていったのか、留めてあったであろうピンに紙が少し残っていたり、折れ曲がったピンがそのまま残っていたりしている。

俺はクエストボードを確認して、薬草採取を受けることにした。

ただ、この依頼書を取り外して思ったんだけど、薬草採取も常設依頼でいいんじゃね？

しかし考えてみると、適当なものを採《と》ってこられてもギルドとしては困るからかな。

なお、常設依頼は基本的にペナルティが存在していないそうだ。

何かのついでにこなしてくれればいいよくらいの感覚で、かつ受け取るかどうかもギルド側の判断となるそうだ。

その点、通常依頼はそのこなした内容に応じてペナルティも発生するため、下手なものは納品できなくなってしまう。

ギルドの対応としては、納得のいくものだった。

ただし、この薬草採取に関しては、例外的にペナルティは除外されているみたいだ。

おまけに、ついでの常設依頼、ゴブリン討伐だ。

『薬草採取（ヒール草五枚採取）銅貨十枚』

『ゴブリン討伐（五匹単位で受付）銅貨二十五枚』

これで銅貨三十五枚確定だな。

あとは、ヒール草の追加採取とゴブリン追加討伐ができれば、さらに稼《かせ》ぎが増えると……

うん、取らぬ狸《たぬき》のなんとやら。今は一つ一つきちんとこなしていくのが大事かな。

「という訳でキャサリンさん、薬草採取をお願いします」

「何が〝という訳〟なのかはわからないけど……依頼書を出してちょうだい。はい、これでいいわ。無理しないで頑張《がんば》ってね。それと、最近ゴブリンが増えてきているって噂《うわさ》もあるし、気をつけて行動するのよ？　おかしいと感じて引き上げることは恥ではないわ。むしろ、情報を持ち帰ったことで深刻な被害を食い止めることにもなるから」

「はい、わかりました。ご忠告ありがとうございます。危険を感じたら引き返します」

俺はキャサリンさんに帰還の約束をし、冒険者ギルドを後に……って、これフラグじゃないよな？　それじゃあ気を取り直して、さっそく東の森へ行こう。まあ、いつも通りに回収していればいいかな？

そして俺は、大通りを歩き東の門に向かった。

それにしても【ＤＩＹ】ねえ。

いつもやってたことって言えばそうなんだけどなあ。

みんなから「お前って何かと器用だよな？　超一流とまでは言えないけど、一流には見劣りしないかもしれないいいレベル」って言われてたっけ。

褒《ほ》められてるのか違うのかものすごくわかりづらい、微妙な褒《ほ》め言葉だったな。

今となっては懐かしい思い出……だな。みんな元気かな……

おっと、そういえば、スキルの脇に『▼』って、ボタンみたいなのがついてたっけ。

あれはいったいなんだろうか……もしかして触《さわ》れるのか？　あ、触《さわ》れた。

技能：ＤＩＹ　レベル１……低級アイテムの作製
▲回復薬（低）……ヒール草で作製。ＨＰ10％回復。ＳＰ：１
解毒薬（低）……毒草＋ヒール草で作製。低毒状態の回復。ＳＰ：１

机（簡易）……木材で作製。SP：3
椅子《いす》（簡易）……木材で作製。SP：2

おお！　これがレシピか!!　……って、ぶふっ!!　机と椅子《いす》ってなんだよ。まさに【ＤＩＹ】じゃないか。確かに前よく作ってたけどさ。

つか、レシピおかしくないか？　釘《くぎ》なしで作れるの？　まさか組木で作るの!?

考えるな!!　感じろ!!　ここは異世界!!　魔法と剣のファンタジー世界。何があっても不思議じゃない。ＯＫＯＫ、よし、大丈夫、俺は普通だ。
オ、ナンカツクレルノガアルゾ。
ヒール草から薬が作れるのか。回復薬ね～。

これって、売るとどうなるんだ？　戻ったらキャサリンさんに聞いてみるか。

まずは、ヒール草の採取をしに行かないとな。


俺は、東門から東の森を目指す。

いつものように東門を出るときにいつもと違う衛兵から「無事戻ってこいよ!!」と、ありがたいお言葉をもらった。
フ、フラグじゃないよな？

「行ってきます!!」


森に行くと、意外とすぐにヒール草が集まった。

依頼は五枚だが、自分用にあと五枚ほど集めよう。

しばらく探索して、ヒール草がだいぶ集まってきた。

これなら依頼も問題ないし、自分の分を使ってみよう。

とりあえずスキルを使ってみるか。

って、どうやって使うんだ?

とりあえずヒール草を持ってみたものの……わからん。

「回復薬って、どうやって作るんだ?」

不意に、思ったことが声に出てしまった。

「うわっ!!」

突然、手に持っていたヒール草が光に包まれた。

光が収まると、そこには丸薬があってめっちゃ驚いた。

あ、そうか。言葉にしたからか。

つまり、素材を持つ、または素材を意識して、レシピ名を口にすれば、完成するってことなのか?

その辺は要検証だな。

とりあえず、ギルドに戻ったら薬草と毒草について調べよう。

まずはゴブリン討伐だ。目標は五匹。

……俺もいい感じにこの世界に馴染《なじ》んできたらしいな。


それにしても、この森はゴブリン以外の魔物はいないのか？

これだけ探してるのに、他の魔物を見たことがないな。

なんとなくコントロールでもされてるんじゃないかとさえ思えてくる。

まさか……ゲームじゃないんだから……ね？

それに、野生動物も結構少ない気がするし。

あれか、初心者冒険者が多いから、そこそこ安全な野生動物は依頼とかで狩られてしまうのか？

それはともかく、いない……今日はG並み繁殖力のゴブリンさえ全く見かけない。

どうなってんだこれ⁉

それから俺は恋してやまない？　ゴブリンを探して東の森をさ迷い歩くことになってしまった。

しばらくして――
いた‼　ゴブリン二匹‼
ようやく見つけた。長かった……

でも、まあ……とりあえず……カイト行きま～～～～～～す!!

「めぇぇぇぇぇ～～～～～～～ん!!」

草むらに隠れながら近づき、一匹目に向かってばれないうちに一気に攻撃を仕掛けた。

大きく上段から振り下ろした剣は、驚く表情を浮かべたゴブリンの頭に吸い込まれていく。

なんの抵抗もなく一匹目のゴブリンが縦に割れる……

一拍遅れてズルリと二つに割れて崩れ落ちるさまはまさに……って、表現したくないよ!!

当分スイカが食べられない気がしてきた。そもそもスイカがあるか不明だけど。

二匹目は一匹目の死に様を見たせいか、驚きと怒りがごちゃまぜになったかのような表情を浮かべていた。まあ、あまりに醜悪《しゅうあく》すぎる顔だったために、判別がつきづらいけど。

俺は気にせずそのままの勢いで剣を横に薙《な》いだ。

ゴブリンがちょうどこん棒を振りかぶるタイミングだったため、綺麗《きれい》にその体に向かって横一線に決まった。

そして、ゴブリンはあっけなく胴体が二つに分かれる……

うん、やはり手に残る感触は気持ちのいいものではないかな。

俺は手に残った感触を確かめながら現状を見回した。

うん、グロい。いくらモンスターだって言っても、これはね。いつ見てもグロい……そして……ものすごくくさい……!!

とりあえず左耳の回収をしないとな。

本当にこの作業は慣れないな。ぶちっていうかなんというか……嫌な感触が残る。

唯一の救いが、討伐証明部位をはぎ取ると、その死体が靄《もや》となって消えていくことだろうか。

本当に助かる。もちろん、俺の精神衛生的にだ。


俺が二匹のゴブリンの討伐証明部位を取り終えたときだった。

ん？　なんか残った？　石と布？

石は……うん、まあ綺麗《きれい》だけど……これって、宝石か何かかな？

となると、今まで気がつかなかっただけで、実は残っていたのかもしれないな。

とにかく冒険者ギルドに持って帰って、キャサリンさんに聞いてみよう。

それと、この布はなんだ？

…………くさ！！！！！！！！！！！

うわ!!　目に染みるくささってなんだよ!!

俺はあまりのくささに、全力で布を遠くへぶん投げてしまった。

ヤバイ、実は高価なものだったらどうしよう……

でも、あんなの持って帰りたくなんかないから後悔は……ない!!

ないったらない!!

ああ、ちくしょう……もう嫌だ……

思いっきりにぎっちゃったせいで、手にもにおいがついたし!!

このにおい落ちるの!?

もう、めっちゃテンション下がった……

はあ、次行こう次……


二匹のゴブリンを倒してから、小一時間くらい歩いた。

やっぱりゴブリンは、全くと言っていいほどいない……

一匹見たら十匹いると思えの繁殖力じゃないのかよ。

おかげで、ヒール草が二十枚集まったよ……

ほんと、どこにいるんだ?

俺はそれからさらに森を探索して歩いた。

行けども行けどもゴブリンの姿はなく、今日は諦《あきら》めて帰ろうかと考えていたときだった。

お、いた。

水場で何かをしていたゴブリンたちをようやく見つけることができた。

そっか、水のあるところにいる可能性が高いのか……

これについては、ギルドで調べよう。

五匹か……一昨日と同じだな。

よし、大丈夫だろう。

いざ尋常《じんじょう》に……勝負!!

——ってするわけもなく、俺はそっと物陰から背後に回り……

ゴブリン一匹の口元を手にした布で押さえ、茂みの中に引きずり込んだ。

奇襲成功!! まだ仲間のゴブリンたちは気がついていない。これは好都合。

俺は、引きずり込んだゴブリンの首元に剣を突き刺し、軽くひねりを加える。

ゴキリという感触が手に伝わった後、そのゴブリンは悲鳴を上げることなく、絶命した。

南無三《なむさん》!!

最初の一匹を奇襲で倒せたのは大きい。

ここでようやく一匹足りないことに気がついたゴブリンたちは、慌《あわ》てふためいて周囲を見回していた。そこに統率など存在するはずもなく、そんな烏合《うごう》の衆など、我の敵ではないわ!!


ハイ終了……っと。

一昨日よりも簡単に倒せたんだが……

もしかして、魔物とか倒すと強くなれるのか？

まさか……ね。

ただでさえステータスボードのおかげでゲーム感が満載なのに、モンスター討伐でステータスアップだったら、まさにゲームだろう。

「ステータス」

名前：カイト・イシダテ　年齢：25　性別：男性　種族：ヒューマン
職業：なんでも屋　称号：転移者
■ステータス
HP：1000／1000　MP：0／0　SP：19／20
体力：12（2UP）（+3）　力：51（1UP）（+3）　知力：1　魔力：1　素早さ：70（−3）　魅力：5　幸運：50
■スキル
技能：DIY　レベル1……低級アイテムの作製▼
魔法：なし

マジで成長してるし!!　って、また体力と力かよ……またも脳筋が進んでいくようです。どうやったら知力が上がるんだろうな……

つか、魅力値が……誰か俺に魅力を分けてください!!

無事にゴブリン討伐を終えた俺は、のんびりしていても仕方がないので、街に帰還することにした。

途中、フラグを回収するわけでもなく、無事到着できたことがなにげにうれしかった。

だって、出る際に盛大にフラグを立てられた気がしたんだもの。

とまあ、冗談《じょうだん》はさておいて、俺は冒険者ギルドへ向かった。

ちょうど帰ってきたのが夕暮れが近いこともあり、俺と同じように帰還した冒険者たちで、ギルド会館内はごった返していた。

成果に一喜一憂する人や、命からがら逃げかえった人、今日の戦いを声高らかに喧伝《けんでん》する人、様々な人たちがいた。

ただ共通して言えるのは〝みんな生き生きとしている〟ことだ。

俺はどうだろうか……

うん、日本にいるときよりも充実している自信はあるな。

お金のためにってところは同じだけど、あの頃は仕事をやらされている感が強かったから。

そう考えれば、この世界に来られたことは、ある意味でよかったのかもしれないな。

まあ、あの国王陛下に感謝する気はないけどな。

「ただいま帰りました。依頼のヒール草と、あとはゴブリンの耳です」

ちょうど人の列が切れた頃を狙って、キャサリンさんのもとに向かった。

俺は背負い袋にしまい込んでいたヒール草とゴブリンの耳をカウンターに並べていく。

ただ、不思議なことを感じていた。

切り取ったゴブリンの耳からは体液らしきものが一切出ていない。

切り口を見てもそれらしきものはなく、ただただくさいだけだった。

「おかえりなさい。うん、数も質も問題ないわね。お疲れ様。これを精算カウンターへ持っていって受け取ってね」

キャサリンさんがほっとしたような顔をしている。

それほど心配してもらえるとは……なんだか心があったかくなった気がした。

キャサリンさんから木札を受け取って精算所に向かおうとしたとき、当初の目的を忘れていることに気がつき、改めてキャサリンさんのカウンターに戻った。

「そうだ、キャサリンさん。探索中にヒール草が余ったからスキルで回復薬を作ってみたんですよ。よかったら見てもらっていいですか？」

「は？　そんなわけないじゃない。カイト君は職業【薬師《くすし》】ではないわよね？　さすがにウソはよくないわよ？」

キャサリンさんから胡散《うさん》くさいものを見る目で見られてしまった……

しかもウソつきレッテル……ちょっとだけ心が傷ついた。

仕方ないから、目の前で作ってみた。

「回復薬」

すると、俺の手の中にあったヒール草が光に包まれ、次第に丸薬に変わる。

「ええ？　本当に⁉　ありえないわ⁉　って、ご、ご、ごめんなさい‼」

キャサリンさんに何度も頭を下げられてしまった。

ちょっとだけ優越感……ちょっとだけだよ？　信じてください……

そんなこんなで、キャサリンさんからヒール草以外に薬草・毒草について教えてもらおうとした。

だけど、受付カウンターでは資料がそろっていないので、ギルド会館の奥にある資料室に行くように勧められた。

キャサリンさんに従い奥に向かうと『資料室』と書かれた看板がぶら下がる部屋があった。

ただあまり活気があるわけではなく、中からは数人の冒険者が紙をめくるペラペラという音が聞こえてくるだけだった。

資料室に入ると、そこにはおば（殺気⁉）……おねえさんがいらっしゃった。

「すみません。薬草関連の本ってありますでしょうか？」

むすっとした顔でにらまれてしまった。

この世界の女性はテレパシーの能力者なのだろうか……

そう本気で考えざるを得なかったのは仕方がないよね？

しばらくして、一冊の本を手におねえさんが戻ってきた。
「今のあなたにはこれが一番合うはずよ。これから勉強なさい」
手渡された本のタイトルは……
『脳筋でもわかる薬学全集・初級編』
それはとてもにこやかに渡されてしまった……脳筋でごめんなさい……
その後、資料室が閉まるぎりぎりまで粘《ねば》って、読みふけった。
結果、理解した薬草類はこれだ。

ヒール草：回復薬等の薬の主原料。そのまま食べてもいいが……おすすめはしない
弱毒草《じゃくどくそう》：弱い毒草。薬等の原料。そのまま食べてもいいが……保証はしない
パラライの実《み》：果実で味は甘くておいしい。食べるとそのまましびれて数分動けなくなる。レッサーマンイーターの果実
眠《ねむ》り苔《ごけ》：湿地に生える苔《こけ》。動くものが近づくと胞子を飛ばす。胞子を吸い込むと急激な睡魔《すいま》に襲われる

ふむふむ。俺が今採《と》れそうなのは、ヒール草と弱毒草くらいか……

スキル的にもちょうどよさげだから、明日からこれをメインで集めよう。

ちなみに、本にはまだまだたくさんの薬草・毒草が載っていた。

でも、覚えきれない……

だって、載っている植物の数は二百とかだよ？

覚えられるわけないじゃないか……俺、知力1だぜ。

うん、言ってて悲しくなった。

本を返しに行ったとき、おねえさんから「またいらっしゃい」って声をかけてもらえた。

どうやら嫌われてはいないようだった。

そして、すでに次の本を探してくれていた。

『脳筋でもわかる薬草の見分け方・初級編』

やっぱ嫌われてない!?

俺は若干《じゃっかん》肩を落としたまま宿舎に戻り、眠りについた。

そして、そっと枕を濡《ぬ》らしていたのは内緒《ないしょ》だ……脳筋万歳……

■七日目　お金は大事

今日の朝食は、鶏肉の香草焼きと付け合わせの芋《いも》。あとは堅《かた》パンとスープ。

ふと思った。前も考えていたことだけど、普通に卵と鶏肉食べてるが、これって養鶏《ようけい》してるってことなの？

あと、ベーコンとかも普通に食べてるし。それと、俺の装備品……豚革だしね。

やっぱり畜産業が成り立ってるってことだな。

大体のファンタジー系のフィクションだと、畜産業がそれほど盛んじゃなくて、それを現代知識でチートして大成功——なんて流れがテンプレだったはず。

それがすでにあるってことは……

まさか……ここでも賢者様出てこないよな？

それってまさに、チートしまくり異世界ライフじゃないか⁉

なんて無駄なことを考えつつも、手が止まることはなかった。

げふっ。ごちぞうざまでじだ……

う、うごけない……

だってうまかったんだもの。

食べすぎたよ……

だが後悔はない!!

はい、嘘です、数十分前の自分にこう言ってやりたい……「やめるんだ!!　それ以上よそってはいけない!!　後悔するぞ!!」って。


胃袋を落ち着けた俺は、今日の予定を確認していた。

昨日の資料室での情報通り、今日は薬草類の採取中心で行くつもりだ。

ついでにゴブリン討伐も。

それと、昨日の綺麗《きれい》な石は『魔石《ませき》』というものだった。

魔物や魔獣を倒すとまれに落とすそうで、ゴブリンやスライムだと銅貨五枚がいいとこらしい……

つまり……薬草採取のほうが儲《もう》けがあるという罠《わな》。

ちなみに、ゴブリンが落とした腰布……あれはギルドで買い取り不可だそうだ。

まあ、俺もいらないし、当然だな。

いつものように、門にいた従業員さんに挨拶《あいさつ》をしてから宿舎を後にした俺は、冒険者ギルドに移動して、クエストボードで依頼を確認する。

俺にできそうなのは、いつも通りの依頼だった。

きっと、早く来ればもっといい依頼があるんだろうけど……

そこまで困ってないし、争奪戦なんてまっぴらごめんだ。

当分は今のままでいい。

今日は二つの依頼を受けることにした。

『薬草採取（ヒール草五枚採取）銅貨十枚』

『薬草採取（弱毒草五枚採取）銅貨十枚』

ついでに、ゴブリンは常設だから耳をとってくる。

『ゴブリン討伐（五匹単位で受付）銅貨二十五枚』

これでトータル四十五枚か……

ちなみに、お金の価値はこんな感じらしい。

銅貨十枚↓銀貨一枚

銀貨十枚↓金貨一枚

金貨百枚↓大金貨一枚

大金貨百枚↓白金貨一枚

俺の感覚的に、日本円に換算するとこうなると思う。

銅貨一枚＝百円
銀貨一枚＝千円
金貨一枚＝一万円
大金貨一枚＝百万円
白金貨一枚＝一億円

つまり、俺は国から十万円ほど貰《もら》って、装備で八万ほど使ってしまったということなのだ……

手持ち残金……そこそこやばい……

まあ、宿代がタダだから、そこまで困ってはないんだけどさ。

今後の装備品やアイテムの調達を考えると心もとなくなってきたのが実情だ。

それと、街中《まちなか》では大体銀貨までしか使われないらしい。

だから依頼の報酬《ほうしゅう》も、日常的に使われる銅貨で支払われることが多いそうだ。

店に金貨なんか持っていっても、使い勝手がめちゃくちゃ悪いって怒られるんだって。

特に露天商に金貨を持っていくと、「おつりの銅貨が足りなくなるから帰ってくれ!!」って追い返される場合が多いという。

これからはきちんとお金を管理しようと思います!!

って、誰に向けての宣言よ……

周りを見ると、生暖かい目で見られていた。

もしかして心の声が漏《も》れていたのか？

「おはようカイト君、あまり無理をしないようにね？　普通の冒険者だったらお休みを取りながらやるものなのに、一日も休んでないでしょ？」

「あ、そういえば……」

いつものように依頼書をキャサリンさんに渡すと、ものすごく心配されてしまった。

うん、忘れてたよ。こっちに来てから、休みらしい休みを取ってなかったかもしれない。疲れるとか疲れないとか、そういった感じが全くしなくなっていたし。

確かに戦闘とかは疲れたって感じはするけど、宿に戻ってひと眠りすると全回復してて、問題ないって感じなんだよな。

これもまた、ゲームチックって言ったらゲームチックだ。

よくよく考えると、こっちの世界に来てから、そう思うことが多すぎる気がするな……

まあ、今ここで生きている以上、それに従うしかないってのが本音だけど。

「じゃあ、行ってきますね。とりあえず無理はしませんので、ご心配なく」

「そう？　ならいいんだけど……じゃあ、いってらっしゃい。きちんと報告しに帰ってきなさいね？」

キャサリンさんは少し困った表情を浮かべたものの、俺が無理をしないと約束したからか、素直に引き下がってくれた。

その表情がとても可愛《かわい》らしかったので、年齢さえ……っと殺気⁉
うん、この話はやめよう。
命がいくつあっても足りない気がしてならない。
キャサリンさんからお見送りされた俺は、一路東門へと向かった。
弱毒草の見た目も昨日資料室で確かめたし、問題なく行けるでしょう。
それじゃあ、今日も元気に行ってきます‼

少しテンション高めで冒険者ギルドを出た俺は、いつものように大通りを歩く。
東門へ向かう大通りの左手は鍛冶屋街になっていて、いろいろな音が聞こえてくる。
金属を叩《たた》く音。親方の怒鳴《どな》り声。弟子の悲鳴。何かが爆発する音……ん？　爆発⁉
って、なんでみんな驚かないの？
いやそれよりも、弟子と思《おぼ》しき人の悲鳴とか、マジで殺されかけてません⁉
……そうか、きっとそれも日常なんだろうな。
カンガエテモシカタガナイナ、ウン。
そんな様々な音を聞いてると、不思議と楽しくなってくる。
きっと、俺ももの作りが好きなんだと思う。
日本でもいろんなものを作ったな。

おそらく、俺の部屋の家具で作ったことないものってないんじゃないかな？

作業机にローテーブル。なんちゃってソファーに、サイドテーブル。収納家具も結局作ったっけ。

そう言えば、後輩に頼まれた家具は作れなかったな……

そんなことを考えながら、軽い足取りで移動していた。

そう、東門へ向かいたかったはずなんだけど……そうはいかなかった……

どうも、神様が俺のことを見守ってくれているみたいだ。

気がつくと、十数人もの人間が俺の行く手を阻《はば》んでいた。

どいつもこいつも、おかしな髪型に嫌な目つき。おまけにだらしない格好《かっこう》をしている。

どう見てもチンピラだよな……

これで一般人ですって言ったら、おそらく俺は「一般人に謝れ!!」って激怒してしまうだろう。

それにしても、ここ大通りなんだけど？

道を塞《ふさ》いだら、住民の皆様の迷惑じゃないか。

あ、彼らの中に、なんか見たことある三人がいる……あ、この前のマキシマムたちじゃないか。

暇人なの？　冒険者稼業はどうしたんですか先輩（笑）。

「おいてめえ!!　てめえのせいで俺たちのランクが下がっちまったじゃね～か!!　どうしてくれるんだよ!!　ああ!?」

俺を恫喝《どうかつ》するように、マキシマムが迫ってきた。

それに合わせて、周りのチンピラたちもオラオラと距離を詰めてくる。

はい来ました〜〜〜。

テンプレありがと〜〜〜ございま〜〜〜す‼

つか、お前たちのランク云々《うんぬん》は知らんがな。

俺の心はどんどんと冷めていった。

あまりにも面倒くさかったために、軽くあしらって東門へ向かおうとしたら……

脇道からも、ぞろぞろとさらにそれっぽい人たちが集まってきた。

お仲間の追加入りま〜す。

ひい、ふう、みい……うん、数えるのも面倒くさ……

「デカールの兄貴、あいつでさぁ、あいつがウソをついたせいで、俺たちがこんな目に……」

マキシマムが後ろに向かって声をかけていた。

同調するように、ヒョロゲスとデブリングも騒ぎ立てる。

すると、その後ろから見上げんばかりの大男が姿を現した。

うわ〜厳《いか》ついぃいかにもな人出てきた〜。

見た目的にはギルマスに近いんだけど……

迫力は雲泥《うんでい》の差だ。

ただでかいだけ。ただの筋肉だるま。怖いって感じがしなかった。

とりあえず、ボディービル選手権があれば出た方がいいんじゃないかな？
きっといい成績が残せるはずだから。
「お前か？　覚悟できてんだろうな？」
デカールはそう言うと、俺ににらみを利かせてきた。
覚悟ができてるも何も……知らんがな。
うわ～、なんか拳《こぶし》をボキボキ鳴らしながらこっち来るんですけど？
俺がどうしたものかと悩んでいると、デカールは俺との距離を詰めてきた。
こっちくんなし!!
「何も言わねえってことは、そういうことなんだな。とりあえず死んでこい!!」
気合一発、デカールがいきなり殴《なぐ》りかかってきた。
「死んでこい」って、死んだら戻ってこれないじゃん!!
俺もさすがに殴《なぐ》られたくないから、デカールの攻撃を避けた。
ガン!!
勢いよく突進と打撃が合わさって、なかなかの一撃が背後でさく裂した。
うわ～後ろにあったどこかの店の看板を壊しちゃったよ。
どうすんだよ、これ。
それはもう派手に看板が壊れている。

修復するのに、かなり費用がかかりそうだね。

店主らしき男が、泣きそうな顔でこっちをにらむ。

俺をにらまれても困るって。

だって、看板を殴《なぐ》り壊したのはデカールなんだからさ。

「ほう、これを避けられるか……では、次は本気で行くぞ!!」

マジですか？　デカールがまた殴《なぐ》ってきたんだけど……

一言言っていい？

おっそ!!　マジおっそ!!　これで本気ってマジですか？　確かにゴブリンよりは速いけど……ギルマスのおっちゃんに比べたら月とスッポン、兎《うさぎ》と亀的な、比べるだけおこがましい感じがしてしまう。

もう面倒だから、ぶん殴《なぐ》って終わらせていいよね？

ゆっくり近づいてくる右腕を躱《かわ》しつつ、懐《ふところ》に入って、はい、右アッパー。

俺のやる気がなさそうに振り上げた右こぶしが、デカールの鳩尾《みぞおち》にクリーンヒットした。

それはもう見事に入って、デカールの体がくの字に折れ曲がる。

そして、俺の手にボキボキって何かが砕ける感触が伝わってきた。

あ、やべ、やりすぎたかも。

なんか吐《は》いて痙攣《けいれん》してるし……うん、俺知らね。

ピコン!!

お!? 音が聞こえた。この後に、俺が何かを得たと告げる声が聞こえてくるはず。

『スキル【ステップイン】を習得しました』

なんかスキルを覚えた。

俺はこの後とてつもなく面倒なことになりそうな予感がしたから、この場を立ち去ることにした。

「デカールの兄貴!!」

「待ちやがれ!! くそ!! 衛兵呼んでこい!!」

「いや、むしろ治療《ちりょう》が先でやんす!!」

「なんでもいいから早くしやがれ!!」

後ろで、なんか騒いでるけど……知らんがな!!

俺はすべてを無視して、東門へ再度移動を開始した。


さっきの出来事はさっさと忘れよう。うん、そうしよう。

俺は自分の心の平穏を守るためにも、東門へと急いで移動した。

しかし、ここでテンプレが発動するとは……

神め、絶対どこかで見てるだろ?

俺が東門へ到着すると、いつもの衛兵に声をかけられた。

「あ、カイト君。ちょっとこっち来てもらえるかな。少し話を聞きたいんだ」

俺はもう諦《あきら》めの境地に達していた。

前後左右を衛兵に挟まれて、門の脇に立てられた守衛詰所に連行された。

もうさ、呪われているとしか思えないよな……

こういうのじゃなくて、ハーレム展開的なテンプレって、いつ発動するんだよ。

ガチャリ……

なんて考えながら歩いていると、部屋に入るなり鍵が閉められた音が聞こえる。

うん、逃がさないぞって意気込みが感じられた。

とりあえず拘束をされるわけでもなかったので、その辺はまだ容疑者扱いってところだろうか。

それに逃走防止に鍵をかけるのは、わからないでもない。

衛兵さんもお仕事だからね。

「まず初めに、私は衛兵のミルドラースと言う。階級は兵長だ。とりあえず、君がここに連れてこられた理由はわかるかい？」

「いや全く」

へえ〜ミルドラースさんって言うんだ、いつもの衛兵さん。

そういや、名前を聞いたことなかったな。

ミルドラースさんは優しそうな笑みを浮かべて質問してきた。

俺も理由が知りたいです。

「うん、じゃあ、さっきの乱闘騒ぎは、君で間違いないよね？」

「ああ～、俺が一人で複数人に囲まれた件ですか？」

うん、あのマキシマムたちの件か。やっぱりこうなるよな。やりすぎた感は否めないけど、あんなに脆《もろ》いとは思わないでしょ、普通。

「ちょっと待って、君が彼らを殴《なぐ》り倒したことは間違いないよね？」

「そうですね、因縁《いんねん》つけられて、囲まれて襲われて、仕方なしにあのデカールという男を撃退したまでです。ね？　正当防衛でしょ？」

ミルドラースさんはこめかみあたりを揉《も》みほぐしながら、後ろに控えていた衛兵さんに何か話をしていた。

ここからじゃ何を言ってるかはわからなかった。

ただ、聞いていた衛兵さんも盛大にため息をついていたから、何かしらの動きがありそうだな。

その後、俺は事の経緯を事細かに説明していった。

話が長くなりそうだったので、ミルドラースさんにかつ丼を要求したら、ここにそんなものはないと怒られてしまった。

あらかた説明を終えた頃、ギルド職員と名乗る男性が、守衛詰所にやってきた。

ギルド職員からも説明を受けたミルドラースさんが、それならばと納得して、やっと俺は解放されることとなりました。

「うん、俺は悪くない‼」と、声高らかに宣言したい気分を堪《こら》えて守衛詰所を後にした。

俺が釈放されたのはすでに昼近くだった。

一緒に出てきたギルド職員に、これだと依頼が完了できない可能性があることを伝えると、そもそも二つともペナルティなしの依頼だと苦笑された。確かにそうだったな。

さて、気を取り直して東の森へ向かいましょうかね。


いつものようにヒール草を探していると、目の前にゴブリンがたむろしていた。

数は……七匹か……地味に多いかな？

やってやれないことはないだろうけど、一苦労しそうな気がするな。

というわけで、使えそうなものは何かないか？

あたりを見回すと、手ごろな石がそこらへんに転がっていた。

そういや、この世界はゲームじゃないんだから、その辺のものがすべて使えるのか。

うん、これを使っておびき寄せ作戦でもするかな？

そう思って、俺が石を拾ったときだった。

ピコン‼

『スキル：DIYのレシピが増えました』

また何かレシピを覚えたようだ。

今はそんなことをしている暇はないから、また後で確認しよう。

とりあえず、風下へ移動してゴブリンの動きを観察した。

やつらは警戒することを知らないのか、周囲を気にすることなく地面の何かをいじくりまわしていた。

よく見ると、ウサギらしき死骸《しがい》が無残にもばらばらにされていた。

ゴブリンたちはウサギを殺して遊んでいるように見えた。

胸糞悪《むなくそ》いな……

俺は若干《じゃっかん》の憤《いきどお》りを覚えつつ、群れの中のゴブリン一匹に向かって石を投げた。

ゴッ!!

派手な音とともに、ゴブリンAの頭から血が噴き出してその場に倒れた。

こんなにあっさり!?

状況を理解できないで騒いでいるゴブリンたちを無視して、俺は集めておいた石を次々に投げまくった。

何個投げたかわからないけど、途中から狙いを定めるのも面倒になり、手当たり次第に投げまくった。

すると、ゴブリンB～Gの頭や体に命中して……気がつけば全滅してしまった……

ええ～!?　マジかよ……

ピコン!!

『スキル：投擲《とうてき》を覚えました』

またあの声が聞こえた。

それから、ゴブリン七匹から左耳を回収すると、彼らが消えた後に魔石が三つと腰布が七つ落ちていた。

魔石だけ回収した俺は、そのまま薬草類の収集に向かう。

ふと振り返ると、さっきのドロップアイテムの腰布が風に吹かれ、木々に引っかかり揺《ゆ》れていた……とても哀愁《あいしゅう》漂う光景だった……知らんけど。

薬草類を探し回ったけど、その後ゴブリンに遭遇《そうぐう》することはなかった。

それがよかったのかどうかはなんとも言えない。

俺は規定数の薬草と弱毒草を採取し終えると、ついでに自分用の採取も行《おこな》った。

頑張《がんば》りすぎたようで、自分の分としてヒール草十枚と弱毒草五枚も採取できた。

これで、アイテム作製ができそうだ。

「災難だったわね」

冒険者ギルドに戻り、キャサリンさんに報告すると、彼女からの第一声がそれだった。

うん、災難としか言いようがないな。

「あははは……まあ、疑いが晴れたんで問題ないですよ。それに、ギルドからも説明があったみたいで助かりました。おかげでこうして出られたんですし、こちらこそ感謝です」

そう言って俺が頭を下げると、キャサリンさんも頭を下げた。

これでおあいこってところかな。

それから俺は薬草と弱毒草をカウンターに出し、ついでにゴブリンの耳と手に入れた魔石三個も置いた。

我ながら半日でよく頑張《がんば》ったよ。

キャサリンさんから換金用の木札を受け取り、精算所へ向かおうとしたら、彼女に呼び止められた。

薬師ギルドに顔を出してほしい、とのことだった。

向かいにある建物らしいので、換金が終わり次第向かうことにした。

むしろ、行かないとキャサリンさんから絶対にお仕置きを喰《く》らうであろうことがその目から読み取れた。

俺は空気が読める男です!!

精算所へ向かい、受付嬢に木札を渡すと、いつも通り布袋を渡された。

中を確認すると、依頼報酬《ほうしゅう》が銅貨四十五枚。魔石の買取で十五枚。トータル六十枚。

つまり、魔石の買取価格は一つ銅貨五枚か。

まあ、ゴブリンの魔石だしな、そんなもんだよね。

それにしても不思議だったんだけど、渡された布袋はいつ準備してたんだ？

俺がキャサリンさんから木札を受け取って、ここに来るまで五分とかかっていない。

それだけ迅速《じんそく》に準備できるシステムが確立されているってことか？

まいっか。そういうもんなんだろうね。

精算が完了したので、俺は薬師ギルドに向かうことにした。

出てすぐ向かいの建物だって話だけど……

うん、わかりやすかった。

看板に薬草っぽい絵やポーションっぽい絵が描かれ、下にデカデカと『薬師ギルド』って書かれてた。

むしろ俺、よく今まで気がつかなかったよな？

何回も見てるだろうに……世の中不思議なことがあるもんだね。

そんなことはさておいて、さっさと用事を済ませるとしましょうかね。

「すみません、冒険者ギルドからこちらに来るように言われた、冒険者のカイトです」

薬師ギルドは冒険者ギルドと違って、とても清潔感があった。

白で統一された壁や床。木製のカウンターがとてもよく似合っている。

まあ薬を扱うんだし、冒険者ギルドみたいに酒場が併設されてても困るんだけど。

入り口近くのカウンターに座っていた女性に声をかけると、彼女はすぐに後ろに座っていた男性に話をする。

そして俺は、その後すぐに現れた数人の白衣を着た男性たちにがっしりと両腕を捕まえられた……

それから俺は応接間まで連行され、ソファーに座らされた。

お茶やお菓子が出され、それなりの待遇に逆に不安になってしまう。

しばらくすると、少し偉い人っぽい男性が応接間に入ってきた。

「薬師統括主任のリックです。まずはご足労いただきありがとうございます」

とても物腰の柔《やわ》らかい人で安心した。

少し栄養が足りないのか寝不足なのか、顔色はあまりよくないようだけど、話が通じそうな人でよかった。

「まずは、あなたの薬を作るところを見せてもらえませんか？」

俺は別に隠し立てするつもりもなかったので、言われるがままに用意されたヒール草に手をかざした。

「回復薬」

すると、ヒール草が光に包まれ、目の前に丸薬が一粒転がっていた。

うん、今日もうまくいったみたいでよかった。

その丸薬をまじまじと手に取って見ていたリックさん。周りの人に渡して確認をしてもらっていた。その中の一人がモノクルのようなもので丸薬をまじまじと見ていた。もしかすると、鑑定用魔道具なんかもあるのか？

それから、全員が確認し終えると、丸薬を丁寧《ていねい》に包み紙で包んだ。

そこまで大事にする必要ある？

「うん、間違いなく回復薬だ。ただし品質はさほど高くないが……作り方が特殊だね」

「そうなんですか？　俺はこれしか作り方を知らなかったんで」

リックさんは薬師が行なう普通の薬の作り方を教えてくれた。

それは俺が予想した通り、薬の材料を乾燥《かんそう》させて粉々にして調合するものだった。

錠剤だったり粉だったり液体だったり、用途によってさまざまだった。

それはさておき、俺の一番の問題点は、職業が【薬師・錬金術師《れんきんじゅつし》】でもないのに薬を調合できたことらしい。

確かに【薬師・錬金術師】ではなくとも、作ること自体はできる。

が、俺が作ったものよりもさらに品質が悪い場合がほとんどだという。

長い年月作り続けていれば実用に耐えうるものも作製可能だが、登録したての人間が作れるようなものではないらしい。

さすがにこれ以上隠し立てはよくないと思い、俺は自分の職業の話をして、一応スキルについての説明もした。

俺自身このスキルについてよくわかっていなかったからだ。

もしかしたら、スキル解明の糸口がつかめるのでは？　との期待もあった。

まあ、無理だろうけど。

「よし、まずこの件はここだけの話にしましょう。それで、カイトさん、あなたは職業について絶対に口外しないことをお勧めします」

なぜかと確認したところ、場合によっては拉致《らち》される可能性が出てきたからだ。

とりあえず、薬師ギルドでも登録を行い、薬は今後こっちに卸《おろ》すことになった。

ということで、俺は今日から『冒険者兼薬師』というなんともよくわからない立場になってしまった。

さて、今日もいろいろあったけど、無事宿舎へ到着。

お金を数えて寝ますかね……

おやすみなさい。

名前：カイト・イシダテ　年齢：25　性別：男性　種族：ヒューマン
職業：なんでも屋　称号：転移者
■ステータス
HP：100／105（5UP）　MP：0／0　SP：19／21（1UP）
体力：13（1UP）（+3）　力：53（2UP）（+3）　知力：1　魔力：1　素早さ：72（−3）　魅力：5　幸運：50
■スキル
技能：DIY　レベル1……低級アイテムの作製
▲回復薬（低）……ヒール草で作製。HP10％回復。SP：1
解毒薬（低）……弱毒草＋ヒール草で作製。低毒状態の回復。SP：1
机（簡易）……木材で作製。SP：3
椅子《いす》（簡易）……木材で作製。SP：2
石斧……木材＋石で作製。原始的道具。SP：2
石つるはし……木材＋石で作製。原始的道具。SP：3
石の槍……木材＋石で作製。原始的武器。SP：4
石かまど……石で作製。基本的野営道具。SP：5
ステップイン　レベル1……低い姿勢から相手の懐《ふところ》に入り込む。レベル上昇で距離延長。

レベル×1m。SP：1

投擲《とうてき》　レベル1……何かを投げる際、命中率補正がつく。50％＋レベル×1％。SP：1

所持金：金貨二枚　銅貨百五十枚（金貨一枚＋銀貨五枚相当）

■八日目　ＤＩＹの性能やいかに

昨日の探索の最中に、スキル【ＤＩＹ】で作製可能アイテムが増えた。

これについては嬉しいのだが、わからないことが多すぎる。

ということで……

「第一回　スキル【ＤＩＹ】検証大会～～～!!　ドンドンドン!!　パフパフパフ～～～～!!」って

なんでやねん!!」

……一人って意外と寂《さび》しいもんだな……

うるせえやい、好きでボッチしてるわけじゃない……

俺は今日一日、このスキル【ＤＩＹ】の検証をすることにした。

場合によっては薬師・冒険者ギルドの他に、各種ギルドに登録が必要になる。

うん、とてもめんどくさい……

まずは仮説を立てよう。

アイテムレシピについて。

仮説①：作製可能アイテムは素材に触れることでレシピが増える。

仮説②：スキルのレベルが上がるとレシピが増える。

仮説③：自分が知識を得ることでレシピが増える。

まずはこれからか。

あ、スキルのレベルはどうやったら上がるんだろうか……

キャサリンさんにも聞いてみないといけないけど、一応こっちでも検証しないとな。

スキルレベルについて。

仮説④：アイテムを大量に作るとレベルが上がる。

仮説⑤：アイテムを複数種類作るとレベルが上がる。

仮説⑥：戦闘経験でレベルが上がる。

こんなところかな。

ひとまずこれらの検証をしてみよう。

検証のため東の森に行くことになるから、ついでに依頼を受けるか。

ということで、キャサリンさんがいればいろいろ聞きたかったんだけど、あいにく今は休憩中《きゅうけいちゅう》だったようだ。

いつもの場所で、違う女性が忙しそうにしていた。

俺はいつものように、薬草・毒草の採取を受注。

ついでにゴブリン狩りで、いつもの銅貨四十五枚だ。

東門から出た俺は、まず依頼をこなすことにした。

検証があまりに遅くなって達成できなかった場合が問題だからだ。

依頼品は順調に集まり、自分用にヒール草二十枚、弱毒草五枚も確保。

これで薬の作製は問題ない。

後は素材集めだ。

仮説①：作製可能アイテムは素材に触れることでレシピが増える。

これを検証してみよう。

とりあえず、すでにその辺の石と木材は検証済み。特に反応はなかった。

他に素材になりそうなものを、片っ端から採取してみよう。

そもそも、俺は素材についてよくわかっていなかった。

石は石だし、木は木だ。薬草に毒草だって、より具体的な種類はわからない。

これには困った。すでに検証が不可能に近いかもしれない。

素材の鑑定ができれば、この問題が解決するんだけどな……

『職業：なんでも屋の起動を確認しました。職業：鑑定士《かんていし》（なんでも屋）へ一時変更します』

は？　なんですかそれ？

「ス、ステータス!!」

俺は慌《あわ》ててステータスの確認を行《おこな》った。

するとそこには、昨日までなかったものが映し出されていた。

技能：鑑定　レベル（仮）……簡易鑑定が可能。名前と簡単な効果が判明。SP：3

え～と……ご都合主義やしませんか？

あれかな？　これは召喚特典的な何かなんだろうか？

それと、レベル（仮）ってなんなんだ？

でもまあ、ありがたく使わせていただきますかね。

スキル【鑑定】!!

…………あれ？

普通こういうのって、その辺にある、素材になりそうなものがわかるとかじゃないの？

うんよし、仕切り直しだ。

俺はその辺を見回すと、俺の足元に普通に石が転がっていた。
ん？　さっきまであったか？
いや、ちゃんと確認してなかったからわからないけど……
まいっか。ではこの石に――スキル【鑑定】!!

石：その辺の石。効果なし。価値なし

お、出たけど……なんか思ってたのと違う……
なんかこう、詳しい説明が出るとかないわけ？
俺はさらに周りを見渡し、脇道に落ちていた木の枝を拾った。
次はこいつでどうだ？
スキル【鑑定】!!

木の枝：オーク材。加工すると家具材・建材として利用可能

よ～しよしよし、そうだよこれだよ。
といっても、説明が少しだけ詳しくなっただけだけど。

結局、どんなものに使えるかは具体的に出ないんだな……
他の落ちてる枝を触《さわ》ればなんか違うかな？
スキル【鑑定】!!

木の枝：バーチ材。樹皮は着火剤として、加工すると武具素材として利用可能

ふむ、色が若干《じゃっかん》違ったから違うとは思ったけど、予想通り違う木だったな。
この辺は、当たり前と言えば当たり前か。
人工林じゃないんだから、一種類しか生息していないってことはあり得ないからね。
お、あっちにも色つやが違うやつが……
スキル【鑑定】!!

木の枝：アッシュ材。加工すると武具素材として利用可能

じゃあ、こっちの木に絡んだ蔓《つる》を切り取ってと……
スキル【鑑定】!!

蔓《つる》：アイビー材。ロープの代わりとなる素材。加工すると武具素材として利用可能

お、木の下に鳥の羽根があるね。

スキル【鑑定】!!

羽根：フォレストバードの羽根。武具素材・装飾素材として利用可能

『スキル：DIYのレシピが増えました』

来た～～～～～～～!!

『スキル：DIYのレシピが規定値を達成しました。カテゴリ機能が追加されました』

お、なんか他に追加されたみたいだな。

カテゴリ機能ね。とりあえず確認作業かな。

「ステータス」

技能：DIY　レベル1……低級アイテムの作製

▼薬

▼道具

▼武器（ＮＥＷ）
▼防具
▼素材
▼家具（ＮＥＷ）
▼設備

おお～、これはいいね。

全部がそのまま並んでいたら見づらくて仕方がないと思っていたところだった。

こう考えると、やっぱりご都合主義だよな～。

でもまあ、せっかく使えるんだから、使えるものは全部使わないとね。

まずは武器と家具に（ＮＥＷ）の文字がついてるし、見てみるかな。

俺がステータスボードの▼ボタンを触《さわ》ってみると、そこに格納されていた情報が一気に表示された。▼ボタンが▲に変わっているから、もう一度押せば格納されるって仕様か。

至れり尽くせりだな。

▲武器（ＮＥＷ）
石の槍……バーチ材＋石で作製。原始的武器。ＳＰ：４

木の弓（NEW）……アッシュ材＋木の蔓《つる》で作製。原始的武器。SP：3
木の矢（NEW）……アッシュ材＋鳥の羽根で作製。原始的武器。SP：3
石の矢（NEW）……アッシュ材＋鳥の羽根＋石で作製。原始的武器。SP：4

お、弓矢の作製が可能になったな。

って言っても、俺は弓矢なんて使ったことなかったしな、宝の持ち腐《ぐさ》れにならないといいんだけど。

それと、木材が詳しくわかるようになったからか、レシピの内容も少し変わってるな。

必要な木材の種類が決まってるものと決まってないものがあるってことか。

これはおもしろい結果になったな～。

あとは、作ってみないことにはなんとも言えないな。

次に、家具の項目はどうだろうか。

▲家具（NEW）
机（簡易）……オーク材で作製。SP：3
椅子《いす》（簡易）……オーク材で作製。SP：2
収納箱（簡易）（NEW）……オーク材で作製。SP：4

お、収納箱が追加されてる。

『箱』と言うだけあって、持ち運び用じゃないだろうな。

そうなると、どこかに拠点を作ってそこに置くとか、そんな感じかな？

これも、あとで製作して検証だな。

他は特に増えていないね。

結果は『意識して素材を触《さわ》ると、その素材を使うレシピが手に入る』ってところかな？

うん、これで仮説①については確定で問題ないみたいだな。

次は仮説②だけど……

これは、仮説④⑤⑥を検証してスキルレベルを上げないことにはどうにもならない感じだな。

ということで、まずは仮説④から。

今手持ちはヒール草二十枚と弱毒草五枚だ。

あ、弱毒草も鑑定しておくか。

スキル【鑑定】!!

……あれ？　発動しない？　もしかして……

SP：0／21

まじか……ＳＰが切れたよ。

まあ、何回も【鑑定】してたら、そりゃＳＰが切れて発動しないわけだよね。

よし、ついでだし、昼飯タイムとしゃれこみますか。

宿舎の食堂のお姉さんに作ってもらった弁当を食べながら、いろいろと考えていた。

正直、俺はこれからどうしていくべきなんだろうか、と。

今はなんとなく、クリエイト系のスキルが伸びている気がする。

それなら、いっそそっちを伸ばした方がいいのだろうか。

だけど、素材集めは自分でやる必要がありそうだし、そうすると戦闘系も必要になる。

というか、どういった基準で増えていくかもわかりづらいし、堂々めぐりとなってしまうな。

などといらないことを考えていると、少し時間が経ったみたいで、そろそろいい頃合いじゃないだろうか。

「ステータス」

ＳＰ：21／21

お、全快してる。

二十分くらい経ったと思うから、おおよそ一分で一割かな？　もしくは、一分でSP2か3で固定とか。

その辺も要検証としますかね。

改めて、スキル【鑑定】!!

弱毒草：毒草。消化器系神経系の弱毒素。解毒剤または毒薬に利用可能

お、毒草の内容がわかる。

では、さっそく作ってみよう。

まずは解毒薬（低）からだな。

「解毒薬」

すると、手に持っていた弱毒草とヒール草が消えて、丸薬ができ上がった。

スキル【鑑定】!!


解毒薬《げどくやく》（低）：弱毒草から精製された薬。状態異常・弱毒に対して有効

おお、これならわかりやすいね。

あと四つ作れるから作ってみよう。
……うん、作ったけど、レベルは上がらなかった。
次は回復薬（低）を作ろう。これはヒール草が残り十五だから、十五個作製可能かな？
今回は一気にいってみよう。
「回復薬」
今度は手にした薬草十五のうち十が姿を消し、丸薬が十個でき上がった。
スキル【鑑定】!!
あれ？　また発動しない……SP管理がめんどくさすぎる……
少し経ったし、改めてスキル【鑑定】!!

回復薬（低）：ヒール草から精製された薬。HP10％回復

詳しく表示されると、なんだかうれしいものだ。
やはりレベルは上がらなかった。
これはあれかな？　他にも作らないとだめなのかな？
まだまだ要検証ということだね。
仕方がない、仮説①以外は要検証ということで、今日のところは終わりにしよう。

あとはゴブリンを五匹狩り取って終了だな。

……しかし、なんとなく雲行きが怪しい気がする。

検証を終えて森を探索していると、四匹のゴブリンがいた。

とりあえず見つからないように近くの茂みに隠れて観察していると、いつもと様子が違うように見えた。

なんていうか……そう、違和感があった。

いつもなら、だらけて集まっているって感じなのに、今日に限ってそうじゃなく見えた。

なんとなく統率が取れている雰囲気《ふんいき》だ。

やつらは周囲を慎重に窺《うかが》い獲物を探していた。

しかも一匹は前方に注視し、左右に展開した二匹が左右を、後方の一匹が全体を確認する。

冒険者のそれを真似《まね》しているとしか思えない動きを見せていた。

「うん、これはまずいかもしれないな。もう少し確認して、キャサリンさんに報告を上げた方がよさそうだ」

俺はさらに観察を続けた。

ゴブリンたちの移動に合わせてコソコソと移動していると、ゴブリンたちの前方に大柄《おおがら》な猪《いのしし》が現れた。

体格的には、ゴブリンたちには厳しいか……

だけど、俺は目を疑いたくなる光景を目にした。

ゴブリンたちがチームワークを見せて猪《いのしし》を狩りはじめたのだ。

それは確かに『狩り』だった。むしろ『狩猟《しゅりょう》』と言っても過言ではない。

最前列の一匹のゴブリンが猪《いのしし》の前に立って威嚇《いかく》をし、手にした槍のようなもので何度も突っつくふりをする。

すると、猪《いのしし》はそのゴブリンに狙いを定めたようで、唸り声をあげた。

残り二匹は注意がそれたことを確認すると、静かに左右に展開して挟撃《きょうげき》を開始。

猪《いのしし》はいきなり左右から攻撃を受けたものだから慌《あわ》てて逃げ出そうとするも、身体構造的にすぐには方向転換できない。

そして、最初の一匹が槍でその猪《いのしし》の後ろ脚を払いのけると、猪《いのしし》はその場で転倒してしまった。

最後に残ったゴブリンは木を軽々と登り、真上から体重の乗った一撃を猪《いのしし》の脳天に突き立てる。

これによって、猪《いのしし》の命は消えた。

だが俺が本当に驚いたのは、ここからだった。

いや、驚いたという言葉が生温《なまぬる》く感じる光景だった。

ゴブリンたちは腰から錆《さ》びかけたナイフを取り出すと、今まさに仕留めた猪《いのしし》を解体しはじめたのだ。

猪《いのしし》を木につるし、首を刈《か》り取り血抜きを行《おこな》っていた。

そしてあらかた血が抜けると、今度は腹を裂き内臓を抜き取った。

残った肉と骨と皮をさらに綺麗《きれい》に処理していき、何かの動物の皮でできているであろう袋に詰める。

俺は、ゴブリンたちが去っていくのをじっと耐えて見送った。

ゴブリンたちは猪《いのしし》の処理を終えると、足早にその場を去っていった。

「プはぁ～～～～～～!!」

ゴブリンたちが去ったのを確認した俺は、無意識に止めていた息を吐《は》き出し、荒い呼吸を整えた。

これは本当に異常だ。異常すぎる……

ゴブリンがあんな文明めいたことをするとは思いもしなかった。

どっからどう見ても、人間の狩人のような立ち振る舞いだった。

猪《いのしし》の解体現場を確認すると、血や内臓などはきちんと土を掘って埋《う》められていた。

やつらはどっからそんな知恵を授かったんだ？

まずはこの話をギルドに上げないといけないな。

むしろ、信じてもらえるかも不安が残る。

俺は急いで街へ戻り、冒険者ギルドへ報告に向かった。

受付カウンターにはキャサリンさんが座っていたので、俺は並ぶ列を分け入って一目散に彼女のもとへ急いだ。

「キャサリンさん報告です!!」

「どうしたのカイト君、そんなに慌《あわ》てて」

俺はさっき見た光景をキャサリンさんに事細かく説明した。

するとキャサリンさんも慌《あわ》てたようで、そのままおっちゃんの部屋に通された。

そこで、事のあらましを説明すると、おっちゃんも慌《あわ》てて一階に下りていった。

俺もついて行くと、おっちゃんは急いでギルド職員に指示を出していた。

それからほどなくして、クエストボードには〝緊急クエスト〟と書かれた紙が貼られた。


俺は改めてキャサリンさんから、今回の件について説明を受けることとなった。

「まずは情報をありがとう、カイト君。他にもそれらしき情報が上がってきたみたいで、〝緊急クエスト〟の発令になったわ。これは可能性の話なんだけど、東の森にゴブリンの集落ができているかもしれないわね。その調査が終わるまでは、残念だけど東の森への出入りが制限されるわ」

マジかよ、俺はどうやってお金を稼《かせ》げばいいんだよ。

東の森ありきで考えていたから、正直かなりきつい。

「統率の取れたゴブリンが現れたからには、その上位種の『ホブゴブリン』か『ハイゴブリン』が誕生している可能性もあるの。最悪『ジェネラル』『ロード』『キング』なんてのも誕生していたら、騎士団での対応になるけど……かなり分《ぶ》が悪いわね。各地から高ランク冒険者を呼び戻しての対応になって、そうなると月単位で閉鎖になりかねないわ」

ほんと勘弁《かんべん》してほしい。

もしこれで俺も招集されたとしたら、勝てる気がしないって……

そんな俺の思いを見透かしたように、キャサリンさんは少し困ったような笑みを浮かべていた。

「そんなに心配をしなくてもいいわよ。緊急クエストの受注条件は基本的にEランク以上だし、今回はD以上になるみたいよ。まずは念入りな森の調査から開始しないといけなさそうね。ごめんなさいね」

別にキャサリンさんが悪いわけじゃないので、責めるつもりはさらさらない。

そんなこんなでいろいろ教えてもらえてよかったよ。

とりあえず、今日の分の清算を終えて宿舎へ戻ろう。

早く日常に戻りますように……おやすみなさい。

■九日目　緊急クエスト発令の弊害

今朝宿舎はどこか雰囲気《ふんいき》が違っていた。

どことなくだけど、そわそわしているような。

おそらく、昨日発令された緊急クエスト関連だろうな。

食堂に行くと、その話題で持ちきりだった。

ただ残念なことに、ここにはそのクエストを受けられるだけの実力がある人間はいなかった。

そのため話題は『東の森への出入り制限が早く解除されないかな？』の一点に絞《しぼ》られていた。


俺は身支度《みじたく》を終え宿舎を出ると、その足で冒険者ギルドへ向かった。

こんな状況でも受けられるクエストはありそうだったからだ。

だが、みんな同じことを考えていたんだろうな。

すでに依頼書はほとんどなく、常設依頼書が寂《さび》しそうにゆらゆらと揺《ゆ》れていた。

そんなクエストボードには、デカデカと〝緊急クエスト発令〟と書かれた紙が貼られていた。

その紙にはキャサリンさんの言う通り〝Dランク以上対応依頼〟と書かれていた。

つまり、それだけの問題だって話らしい。

さらに、その紙とは別に貼られていたのが、赤字の注意書き文だった。

それによると、やはり今回の緊急クエストにより、東の森に入場規制がかけられてしまったらしい。

正確に言うと、ランクE以下は入場できなくなってしまった。

つまり、薬草類の採取ができなくなった瞬間だった。

俺はどうしたものかと思い、クエストボードを見ると、北側に広がる高山地帯ならクエストがあるようだった。

しかし、高山地帯の依頼は大体がEランク以上のため、俺が受けられるクエストはなかった。

「あらカイト君おはよう。いいクエストは見つかった？」

ギルド会館内を見回っていたキャサリンさんに偶然声をかけられた。

「あ、おはようございます。見ての通り、さんざんですね。ところで、俺でも受けられる依頼ってありますか？」

「そうね、今できそうなのって言ったら、これだけね」

キャサリンさんがそう言って指し示したのは、王都内のGランクのクエストだった。

『下水道清掃《せいそう》：地下下水道の清掃《せいそう》（スライム討伐含む）。銅貨十枚。スライム一匹につき銅貨一枚』

『街中《まちなか》の美化：ゴミ拾い。清掃《せいそう》活動。銅貨十枚。十キロ以上回収』

うん、どうしよう……

「そんな迷っているカイト君に朗報よ。なんと地下下水道に現れるスライムは最近増えてるって報告も受けているから、かなりの数が期待できるかもしれないわ。しかも、スライムの強さはゴブリンよりも下。どう？　受けてみない？」

なんという誘惑……どうせ町から出れないから、受けてみるか。

「じゃあ、地下下水道へ行ってきます」

「ほんと!?　ありがとうカイト君。必要な道具は備品係に相談してちょうだい。この紙を渡せば道具を貸してくれるはずだから」

そう言われて渡された紙を持って、出入り口付近にあるカウンターへ向かった。

交換に渡されたのは、デッキブラシとバケツ……

うん、清掃《せいそう》活動だわな。

ギルド会館を出て現場へ移動しようとしたのだが、これがまたしんどいのなんの。

目的地の場所がものすごくわかりづらかった。

王都を区画分けすると、次の通りになる。

中央区：王城や貴族街。

北区：商業街・商業ギルド本部。

東区：鍛冶・冒険者ギルド本部・クラフト系ギルド本部。

南区：住宅街。

西区：港・倉庫街。

王都中心部の中央区を起点に、東西南北に大通りが整備されている。そしてそこから縦に横にと小道が続いている。

今回の清掃《せいそう》場所は北区商業街にある下水道。

キャサリンさん曰《いわ》く、南区住宅街の清掃《せいそう》じゃなくてよかったらしい。

生活排水がやばいらしいから。

北区の大通りに面した商店街の裏手に抜けると、大きな下水道の入り口が姿を現した。

どうやらここが目的地らしい。

簡単に入れないように鉄格子で覆われていた。

俺はさっそく清掃《せいそう》作業の準備を始めると、聞きなれた音が聞こえてきた。

ピコーン!!

『**職業：なんでも屋の起動を確認しました。職業：清掃員《せいそういん》（なんでも屋）へ一時変更します**』

お、これはまたいいタイミングで変更になったな。

清掃員《せいそういん》か……綺麗《きれい》にしろってことなんだろうな……

技能：クリーン　レベル（仮）……どんな頑固《がんこ》な汚れも一発洗浄。レベルによって範囲が広がる。
レベル×1m。SP：1

しかもスキル付きかよ……頑張《がんば》りますよ……

しかしあれだな、このスキルを使えば、かなり早くできるんじゃないだろうか？

SPの回復速度も一分で2、3回復すると思えば、意外といけるかもしれないな。

それじゃ、さっそく中に入ってみよう。
俺は覚悟を決めて、鉄格子の扉を開け、中に足を踏み入れた。
そこには、俺も予想だにしていない状況が待ち受けていた。
そう、魔窟《まくつ》でした……
前任者!!　仕事さぼんじゃね～～～～～よ!!
「ぬあぁ～!!」
スキル【クリーン】!!
スキル【クリーン】!!
スキル【クリーン】!!
スキル【クリーン】!!
スキル【クリーン】!!
スキル【クリーン】!!
スキル【クリーン】!!
スキル【クリーン】!!
スキル【クリーン】!!

スキル【クリーン】!!

スキル【クリーン】!!

スキル【クリーン】!!

スキル【クリーン】!!

スキル【クリーン】!!

スキル【クリーン】!!

スキル【クリーン】!!

スキル【クリーン】!!

スキル【クリーン】!!

スキル【クリーン】!!

はぁ……はぁ……はぁ……

くそ!! 思わずスキル連発してしまった……

おかげでSPが枯渇《こかつ》したよ……

つか、ホント、この依頼って不人気なんだな。

まさかここまで汚れがひどいとは思わなかった。

助かったことにスキル【クリーン】は俺を中心に半径一メートルの球状を範囲にするから、上下左右前後と一気に清掃《せいそう》作業ができたので、かなり助かった。

もしも対象が平面だったら……考えるのはやめよう。

それに、最初から道具で掃除《そうじ》していたら、ほとんど進まずに日が暮れる可能性だってあったわけだ。

さて、SPも切れたことだし、借りてきた道具で作業しますかね……

俺は借りてきたデッキブラシを使い、床面の床掃除《そうじ》を始めた。

ただこれが意外と……ってことでもないか、あまりにも頑固《がんこ》すぎて、床のブロックが損傷してしまうのではないかと心配になってしまった。

そして、思ったことがある。

渡された掃除《そうじ》道具は、デッキブラシとバケツだけ。水は？

これって、魔法とかで水流しながらとかじゃないとムリなのでは？

バケツを持って外の井戸まで行くの？

下水は……うん、見なかったことにしよう。

確かにこれは不人気になるはずだよ。

ピコーン‼

『スキル：清掃《せいそう》（仮）を取得しました』

はいキタコレ。

ここにきてスキル取得とか、ご都合主義万歳すぎるでしょ？

技能：清掃　レベル（仮）……綺麗《きれい》に掃除《そうじ》ができる。掃除《そうじ》効率の上昇。レベル×5％。SP：消費なし

これどうよ。このリアルタイム。しかも俺の清掃《せいそう》技能を向上させる代物。

だがしかし!!　問題は解決していない。水汲《みずく》みに行ってくるか……

はあ、頑張《がんば》って掃除《そうじ》しますよ。

俺がとぼとぼと何往復もしながらブラシを使って掃除《そうじ》していると、前方に何かが見える……

動いて……る？　うねうね、ぐねぐね……うねうね、ぐねぐね……

なんだあれ？　生き物……なのか？

俺が恐《おそ》る恐《おそ》る近づくと、それは唐突にやってきた。

プ～～～～ン。

くっさ！！！！！

マジくっさ！！！！！

え？　何!?　なんなの!?

もしかして、あのうねうねから!?

軟体動物的な何かよりも、さらにうねってるし、ぐねってる。

そして何より近づいてそのヤバさがわかった。

においがマジでやばい。

これってあれか、あれがにおいの元なのか？

もしかして掃除《そうじ》対象!?　そりゃ人気なくなるって……とりあえず片づけよう……

え？　うわ!!　なんかかけてきた!!　くっさ!!

俺はその飛んできた液体をなんとか回避することに成功したんだけど、その液体が落ちたところから強烈な悪臭が漂ってきた。

これって攻撃か!?

ということは……まさかこいつ……スライムかよ!!

思ってたんとちがう!!

ファンタジーで言ったら、スライムってあの青いポヨンとした可愛《かわい》らしいのじゃないのかよ!!

どう見ても、どす黒い茶色のヘドロにしか見えないんだけど。

しかも数が増えてるし!!

くっさ!!　くっさ!!　まじくっさ!!
一、二、三、四、五……五匹……どうしよう……とりあえず斬るか。
「これで!!　どうだ!!」

俺は口まわりをタオルで覆いつつ、何も考えずにゴブリンを斬ったときの感覚で、そのスライムに斬りかかった。

スライムは特に反撃をしようとすることはなく、その場でうねうねぐにょぐにょと動いているだけだった。

俺の剣は、スライムの身体にするりと入り込んだ。物理攻撃は効くらしい。が……

ブシャ～～～～!!

くっさ!!

スライムは弾けるように割れると、中からさっきの液体を大量にばらまきやがった。

おかげであたり一面は液体の水たまり……しかも、体積より量が多くないか？

悪臭がさらにひどくなったのは言うまでもなかった。

あと四匹……

マジやるのこれ？　心折れるって……

……………やってやるよ!!


それから数分後……

俺はなんとかスライムの処理を終えることができた。

返り血ならぬ、返り液体を浴びながら。

途中からもう諦《あきら》めたさ。

躊躇《ためら》うと漏《も》れ出る液体の量が半端《はんぱ》ないことになったからな。

おかげでにおいもきつくなるし、増援も来るしで、踏んだり蹴ったりだった。

結局斬り倒したのは七匹にもなってしまった。

……はあ……くっさ……

頑張《がんば》ったよ、俺。誰か慰《なぐさ》めてくれないかな？

とりあえず、なんか落ちてるから回収しよう……

魔石（極小）が一つと、ゼリー状の何かが三つね。

つまり、三匹は倒し損じゃないか。

そりゃ、みんなやらないよな。割に合わないって。

でもなんでだろうな、あんな汚いのからこんな綺麗《きれい》なゼリー状のものが回収できるなんて。

さすがファンタジーだ。

俺は背負い袋に回収したものを詰め込む。

よし、気を取り直して清掃《せいそう》再開しよう。

ＳＰも回復したから、またクリーン繰り返してのエンドレス作業ですかね……

だいぶ時間が経過したし、そろそろ帰り支度かな。

スライムらしきものも追加で四匹倒して、ゼリー状のものが二個増えた。

半日でこれって、やっぱり効率が悪すぎる。
そして、何よりびっくりしたことがあった。
スキル【クリーン】のレベルが上がった？　っていうか（仮）が取れたんだよね。

技能：クリーン　レベル1……どんな頑固《がんこ》な汚れも一発洗浄。レベルによって範囲が広がる。レベル×1m。SP：1

つまりは、なんでも屋で覚えたスキルを使いまくると、（仮）が取れると推測できる。
そして、どうやら職種を変えてもそのままスキルが使えるようだ。
ということは、スキル【鑑定】（仮）も使いまくればいいってことかな？
ただ、問題は職業を変えると使えなくなるんだよね、（仮）は。
取れたことでどうなるか、検証は必要かもしれない。
割り当てられた区画は、この地図上だとこれで終わりか。
とりあえず地上に戻ろう……
それにしても……くっさ……

俺が地上に戻って冒険者ギルドに向かって商店街を歩いていると、なぜかすれ違う人みんなが顔を顰《しか》めてにらんできた。

どうかしたのかな？

不思議に思いながらも、やっとのことで冒険者ギルドに到着した。

精神的疲れと、肉体的疲れの両方が俺に襲いかかってきていた。

へとへと状態で冒険者ギルドに入ろうとしたら、慌《あわ》てた様子で近寄ってきたギルド職員に入館を止められた。

「君‼　今すぐここから出るんだ‼」

「え？　俺は今、依頼終えて戻ってきたところなんですけど？」

俺が納得いかなそうな顔をしていたのか、ギルド職員は頭を抱えていた。

「今すぐ出るんだ……せめて、そのにおいを落としてから来るんだ」

くさいから入るなだって……俺のせいじゃない‼

職員曰《いわ》く、スキル【クリーン】でにおいは落ちるから、誰かにかけてもらえってさ。

自分でできるし……

俺はその場でスキル【クリーン】を使用してにおいを落とした。

においが落ちたことを確認したギルド職員から、やっと入館の許可が下りた。

俺はようやくギルドに入ることができた。

「お疲れ様。どうだった依頼は」

キャサリンさんは少し申し訳なさそうな表情を浮かべていた。

「もう最悪でした……スライムがあんなにくさいなんて聞いてないですよ。それになんですかあの数は……作業中に十一匹とか」

「え？　それ本当!?」

キャサリンさんは何か慌《あわ》てたように後ろの職員に話しはじめる。

どうやら、問題が発生しているようで、バックオフィスがバタバタしていた。

「ありがとうカイト君。君のおかげで大事にならなくて済んだわ。あのスライムが大量発生すると下水がつまったり疫病《えきびょう》が蔓延《まんえん》したりしてしまうの。だから、今度大々的に下水道掃除《そうじ》の依頼が出るかもしれないわね」

うん、どうやら大事になりそうな予感がする。

絶対参加しないけどな!!

とにもかくにも、俺はキャサリンさんに依頼の報告をして、木札をもらった。

そのあと報酬《ほうしゅう》を受け取ったんだけど、そこの受付職員からも申し訳なさそうに謝られてしまった。

なぜだ？　まいいか、とりあえず約束の報酬《ほうしゅう》銅貨十枚ゲットだぜ!!

あ、そういえば緊急クエストの進捗状況を確認してなかったや。

キャサリンさぁ～～～～ん。

「え？　緊急クエスト？　それなら無事解決したわよ。ほら、クエストボードからも取り下げられているでしょ？」

「あ、本当だ」

よくよく見ると、朝貼られていた緊急クエストの依頼書が外され、いつも通りに戻っていた。

「やっぱり森にゴブリンの集落ができていたわ。ただ、それほど大きく成長もしていなかったから、トップはホブゴブリンだったみたいね。発見が遅れていたら、さらに上位種が生まれてもおかしくなかったわ。例えば、あと一か月遅れていたら……おそらくジェネラルかキングが生まれていたかもね。だから、カイト君には感謝してるのよ？」

へぇ～、キングか～。

って言っても俺、キングがどんなのだか知らないんだけどね。

とりあえずゴブリンであれだけ嫌な思いをしたんだから、キングってだけでどれほどかは想像しやすいか。

うん、触《さわ》らぬ神に祟《たた》りなしってね。お～こわ。

さて、宿に戻ってスキルを考えるとしますかね。

宿舎について、俺は今回拾ったものを確認していた。

スライムが落としたゼリー状のものはにおいもなく、触《さわ》ってるとひんやりして気持ちがいい。

これ、夏の暑い日にベッドに敷いたらいいんじゃね？

まずは鑑定してみないと話にならないな。

『職業：なんでも屋の起動を確認しました。職業：鑑定士（なんでも屋）へ一時変更します』

よし、じゃあ始めるか。

スキル【鑑定】!!

スライムゼリー：スライムの残骸。薬品に使用可能

うん、レシピは増えなかったな。何か増えるかと思ったんだけどな〜。

そういえば、まだ作ってないものもあったんだった。

とりあえず明日は作ってないレシピを作ってみて、検証を進めよう。

さて、ステータスはどうなったかな？

名前：カイト・イシダテ　年齢：25　性別：男性　種族：ヒューマン
職業：なんでも屋　称号：転移者
■ステータス
HP：100／107（2UP）　MP：0／0　SP：19／23（2UP）

体力：13（+3）　力：53（+3）　知力：2（1UP）　魔力：1　素早さ：72（−3）　魅力：5　幸運：50

■スキル

技能：DIY　レベル1……低級アイテムの作製

▼薬

▼道具

▼武器

▼防具

▼素材

▼家具

▼設備

ステップイン　レベル1……低い姿勢から相手の懐《ふところ》に入り込む。レベル上昇で距離延長。レベル×1m。SP：1

投擲《とうてき》　レベル1……何かを投げる際、命中率補正がつく。レベル×1%。SP：1

クリーン　レベル1（NEW）……どんな頑固《がんこ》な汚れも一発洗浄。レベルで範囲が広がる。レベル×1m。SP：1

所持金：金貨二枚　銅貨百八十枚（金貨一枚＋銀貨八枚相当）

やった!!

知力が倍になった!!

…………どうせ脳筋だよ……

明日はＤＩＹの検証再開だ。

おやすみなさい。

■十日目　仮説⑤の検証

いつものように冒険者ギルドに到着したけど、今日は少し騒がしかった。

昨日で緊急クエストが解除されたため、依頼をかけに来た人がそれなりにいたからだ。

そのせいもあって、いまだ依頼を受けていない冒険者もおり、クエストボードの前がにぎわっている。

俺はキャサリンさんにいつもの依頼を受ける旨《むね》を伝えて、東の森へと向かった。

東門では、いつものようにミルドラースさんに声をかけられ、いつもの挨拶《あいさつ》を交わす。

うん、いつものって大事だよね。

東の森へ到着すると、空気が少しだけ軽い気がした。

重々《おもおも》しい空気は少しだけ和《やわ》らぎ、幾分か動物たちの気配も感じ取れた。

というわけで、周辺のものを鑑定しながらクエストをこなそう。

だが、ここで問題も発生した。

しばらく周辺の探索をしてみたが、ゴブリンがいない。

森に入ってからすでに一時間。一匹も出会っていなかった。

前にも見つからないことがあったが、あれはたまたまで、今日は緊急クエストの弊害だろう。

救いは、ゴブリン討伐が常設依頼だってことだけだ。

は～仕方がない。

素材が集まり次第、街へ戻るか。


俺は依頼分と自分が使用するだけの物資を集めて、東の森を後にした。

途中、ゴブリンと戦闘している冒険者パーティーも見かけたが、戦っているのは一匹くらいだった。

やっぱり倒しすぎもよくないってことなんだろうか。

もしかして、ゴブリンもこの森の生態系維持に役立ってる……ってか、その一員なのだろうか。

俺はキャサリンさんにゴブリンの話を伝え、「仕方ないわね」の一言で話は終了してしまった。

いつもと同じように木札をもらい、精算を終えた俺は宿舎に戻った。

どうしたものかな……

検証結果としては今日一日、スキル【鑑定】（仮）を使いまくったけど、スキルレベルが上がらなかった。

ということは、新しいものを鑑定しないと、スキル【鑑定】（仮）はレベルアップしないってことが考えられる。

スキル【クリーン】は綺麗《きれい》にしまくったから上がったってことかな？

そうだ、次の検証だ。

仮説⑤：アイテムを複数種類作るとレベルが上がる。

これの検証をしてみよう。

今作れそうなのは……家具が三つだな。

俺は目の前に木材を並べていく。

レシピに木の指定がないので、問題ない……はず。

ダメだったらダメだったときに考えよう。

「机、椅子《いす》、収納箱」

並べていた木材が消えて、できあがったものが目の前に現れた……が、うん、部屋がめっちゃ狭くなった……

よくよく考えてみたら、ここはベッドしかないような部屋なんだよね。

だって、ただ寝に帰ってくる部屋だからね。

しかも無料だし、文句はないんだけど。

ついでだから、机（簡易）と椅子《いす》（簡易）と収納箱（簡易）を鑑定してみよう。

『職業：なんでも屋の起動を確認しました。職業：鑑定士（なんでも屋）へ一時変更します』

スキル【鑑定】!!

机（簡易）：簡易家具。SP回復速度上昇（1／分）

椅子《いす》（簡易）：簡易家具。SP回復速度上昇（1／分）

収納箱（簡易）：収納家具。十種類まで収納可能。一種類あたり十個まで収納可能。箱の大きさ以上のものは収納不可

おっ!!　これはありがたい効果だ。

これに座って作業すれば、一分あたりSPが追加で2回復するってことか。

SPをあまり気にしないでいいな。

次からのアイテム作りはここでやろう。

地味に助かるのは、収納箱（簡易）だな。

今まで直置きだったから、収納場所に困ってたんだよね。

大きさ的にタテ八十センチ、ヨコ百六十センチ、高さ八十センチってところかな？　説明の『箱の大きさ以上には入れられない』って部分がネックになりそうだが。

ついでだし、あと二つ作ろう。

『職業：なんでも屋の起動を確認しました。職業：なんでも屋へ変更します』

「収納箱、収納箱」

これで整理できる。

その前に配置考えないと動けないか。整理整頓《せいとん》大事。

そういえば、道具や武器とかも作ってなかったな。

あ、でも石がない。

今作れそうなのは……木の弓と矢か。とりあえず作ってみよう。

「木の弓、木の矢」

……SP不足。

五分後――

もう一回。

「木の弓、木の矢」

よし、これも鑑定してみよう。

『職業：なんでも屋の起動を確認しました。職業：鑑定士（なんでも屋）へ一時変更します』

スキル【鑑定】!!

木の弓：原始的武器。遠距離攻撃（力＋1）
木の矢：原始的武器。遠距離攻撃（力＋1）

まあ、ないよりマシ程度ってことかな。
それにしてもスキル【鑑定】（仮）なぁ～。

技能：鑑定　レベル1……簡易鑑定が可能。名前と簡単な効果が判明。鑑定内容の追加。SP：3

おぉ～!!【鑑定】の（仮）が取れた。
これでいちいち職種変えなくて済むな。
やっぱり、スキルごとにレベルアップの条件が違うのかもしれない。
SPの残量は……うん、減った分が回復してる。
これならある意味、ずっと作っていられるな。

今ある材料は……ヒール草が十五と木材少々か……
回復薬（低）はＳＰ：１だから、一分間に五つくらいは行けるだろう。
よし作ろう。
『職業：なんでも屋の起動を確認しました。職業：なんでも屋へ変更します』
「回復薬、回復薬、回復薬、回復薬――」
あ、素材が切れた。
とりあえず、回復薬（低）が十五個できた。
でもレベルは上がらないっと。
仮説④：アイテムを大量に作るとレベルが上がる。
これはおそらくあり得ないな。
明日は、石を使うのを作って検証だ。
それと、さすがに回復薬（低）が溜《た》まりすぎたから、薬師ギルドにも行かないと。
おやすみなさい。

■十一日目　初めての狩猟《しゅりょう》？

朝起きて、ギルドに行く前に、あるだけ矢を作ろう。

「木の矢、木の矢、木の矢」

……材料の羽根が足りなかった。

そういや、森の中を歩いてもあまり見かけなかった気がするな。

気を取り直して、いつものように俺は依頼を受けた。

キャサリンさんからは別の依頼を受けないのかと聞かれたが、俺が来る頃にはないのだから仕方がない。

そう答えたら、「だったら、早く来なさいね？」って言われてしまった。

こだわりはないんだけどね。

そんなやり取りのあと、俺は東の森へ来ていた。

今日もヒール草などの素材を集める。

すると、前方に待望の集団が現れた。

ゴブリンが三匹!!

俺には気づかず、何か騒いでいるけど、残念ながら俺には理解できなかった。

逆に理解できなくてもよかったかなとも思ってしまった。

いるとウザイがいないと寂《さび》しい。それがゴブリンという存在だ。

せっかくだし、弓矢を使ってみるか。

俺は風下に回り、生い茂る草木に身を隠した。ギリギリと弓を引き絞《しぼ》って狙いを定める。

ここだ!!

俺の手から解き放たれた矢は、『ビュウッ!!』って風切り音とともに……ゴブリンの横を通りすぎた。

…………当たる気がしない。

驚いたゴブリンは警戒態勢を取っていたが、距離が離れているせいか、俺に気がつかなかった。

戦闘はどうしようかな。息を潜《ひそ》めていると……

ピコン!!

『職業：なんでも屋の起動を確認しました。職業：狩人《かりゅうど》（なんでも屋）へ一時変更します』

またもご都合主義発動……タイミングよすぎやしませんか？

技能：命中補正　レベル（仮）……攻撃全体への命中率への補正。補正率上昇。レベル×0・5％。

SP：消費なし

技能：ホークアイ　レベル（仮）……ターゲッティング能力。ターゲットへの命中率上昇。補正率上昇。レベル×5％。効果時間レベル×5秒。SP：5

これはありがたい。これなら当たるかな？
スキル【ホークアイ】!!
俺は改めてギリギリと弓を引き絞《しぼ》る……
スキルのおかげでゴブリンがよく見える。これならヘッドショットもできそうだ。
今だ!!
解き放たれた矢は、思ったより軌道が下がり、ゴブリンの心臓を貫いた。
よし!!
いきなり倒れたゴブリンを見て、一緒にいたゴブリンは警戒を強くした。
距離はだいぶ離れていたおかげで、まだ俺に気づいた様子はない。
俺は次々に矢を放ち、一射一殺《ワンヒットワンキル》とはいかなかったけどゴブリンを殲滅《せんめつ》した。
うん、ワンサイドゲームだった。
そして、ゴブリンから討伐の証《あかし》と魔石を回収する。
残されたのは、腰布が三枚……
うん、俺は何も見なかったことにしてその場を去った。

ちなみに、この森ではゴブリンの腰布が木に絡まっていることがあるのだが、いつの間にかなくなっているそうだ。

不思議に思ったとある冒険者がゴブリンを尾行したとき、その理由が判明した。

ボロくなった自分の腰布と、比較的ボロくない捨てられた腰布を交換していたという。

そして、ボロいほうの腰布はそのまま投げ捨てられたんだとか。

ある意味リユースされているらしい……

うん、いらない情報だった……

ゴブリン三匹を討伐した後、森を探索すると、石はそれなりに落ちていた。

そしてふと思った……つるはし使えばいいのでは？

ということで、作ってなかった石のつるはしを作製することにした。

『職業：なんでも屋の起動を確認しました。職業：なんでも屋へ変更します』

「石つるはし」

目の前に石のつるはしができ上がった。

ついでに鑑定しよう。スキル【鑑定】!!

石つるはし：原始的道具。鉱石採取ができる。耐久度低

手に持ってみると、耐久度低の割には、意外と頑丈《がんじょう》だったのに驚いた。

試しにその辺の岩を叩《たた》くとあら不思議、ポロポロと石が回収できた。

最初から作ってればよかったと本気で後悔した。

気をよくした俺は、つるはしを何回か振っていると、いつもの音が聞こえた。

ピコン!!

『職業：なんでも屋の起動を確認しました。職業：採掘者《さいくつしゃ》（なんでも屋）へ一時変更します』

技能：高速採掘　レベル（仮）……採掘作業の効率化。採掘速度上昇。レベル×1%。効果時間レベル×5分。SP：4
技能：道具耐久度上昇　レベル（仮）……使用する道具の耐久度の上昇。道具耐久度上昇。レベル×1%。SP：消費なし

またもご都合主義様が降臨なされたようだ。

一振りしてわかった。取れる石が若干《じゃっかん》増えた気がする。

ついでだしと、ずっと振り続けてみた。

スキルレベルは上がらなかった。

このスキルは、レベルが上がりづらいのかもしれない。

ある程度石も集まったので、次に石の斧《おの》を作製しよう。

『職業：なんでも屋の起動を確認しました。職業：なんでも屋へ変更します』

「石斧《いしおの》」!!

おお、確かに石斧だ。うん……しょぼい……

ついでに鑑定してみよう。スキル【鑑定】!!

石斧：原始的道具。木の伐採《ばっさい》ができる。耐久度低

まあ、そうだよね。

これで耐久度が高かったらみんな使うよね？

とりあえず、でき上がった石斧を使って木を切ってみた。

ブン!!　ガン!!　痛っ!!　切れない!!

うん、太いのは無理だった……

ものすごく手がしびれた。

細いのはいけるから、そういうのを切っていこう。

ピコン!!

『職業：なんでも屋の起動を確認しました。職業：木《き》こり（なんでも屋）へ一時変更します』

技能：高速伐採《ばっさい》　レベル（仮）……伐採《ばっさい》作業の効率化。伐採《ばっさい》速度上昇。レベル×1%。効果時間レベル×5分。SP：4
技能：道具耐久度上昇　レベル（仮）……使用する道具の耐久度の上昇。道具耐久度上昇。レベル×1%。SP：消費なし

やっぱりね……
カコーン。カコーン。カコーン。
あとは作ってないのは石かまど。材料は……足りそうだ。
では作りますか。てか、石かまどってなんなん？
ではでは……
『職業：なんでも屋の起動を確認しました。職業：なんでも屋へ変更します』
「石かまど」
目の前に積んでおいた石が消え去り、目の前にかまどができました……
うん、これって……キャンプファイアやん……
スキル【鑑定】‼

石かまど：基本的野営道具。煮炊《にた》きができる。簡易乾燥《かんそう》作業も可能。ＳＰ：５

ピコン‼

『**ＤＩＹのスキルレベルが１上がりました。作製アイテムの解放を確認**』

来た～～～～～～～～‼

やっと上がった。さっそくレシピを確認してみよう。

技能：ＤＩＹ　レベル２……低級アイテムの作製。

▼薬
▼道具（ＮＥＷ）
▼武器
▼防具
▼素材
▼家具
▼設備
▼建築（ＮＥＷ）

お、二つ（NEW）がついたな。

内容はっと……

▲道具（NEW）
石のスコップ（NEW）……木材＋石で作製。原始的道具。SP：3
▲建築（NEW）
木の柵（NEW）……拠点防護用。木材で4m×2mの柵作製。SP：2

いまいち微妙……

とりあえず作りますかな。

「石のスコップ、木の柵」

出た！　そして、でかっ!!　しかも、木の柵はちゃんと設置されてるし。

きちんと地面に刺さっているから、ちょっとやそっとじゃ抜けないな。

これなら簡単なモンスターから身を護《まも》る拠点づくりに使えるかもしれない。

ただしこれって、ちゃんと場所指定しながら作らないと面倒くさいことになりそう……

かなりめり込んでる。しかも、集めた木材より柵の木材のほうが太い気がするけど……気にしたら負けな気がする。

それとこっちは……うん、ザ・石のスコップだね。

これで、何を掘れっていうのかな？

とりあえず二つを鑑定しよう。スキル【鑑定】‼

石のスコップ：原始的道具。土の採取ができる。耐久度低

木の柵：拠点防護用。簡単な木の柵。耐久度低

わかってたよ……そりゃスコップだもの、土を掘る以外に何に使えと？

あ、そういえば、前に動画で見たっけ。

スコップで近接戦闘こなすやつ。

今度やってみようかな……って、これだとすぐ壊れるか。

それは金属製のアイテムが作れるようになったら考えよう。

それじゃ、張り切って……れっつほりほり～～～。

……目的がないとだめだ。ただ虚しいだけ……

とりあえず、木の柵を回収するために地面掘ろう。

ざくざくざくざく。

うん、地味……

ざくざくざく。

腕が痛い……

ざくざくざくざく。

……苦行ですか？

ピコン!!

『DIYのレシピが追加されました』

ピコン!!

『職業：なんでも屋の起動を確認しました。職業：土木作業員《どぼくさぎょういん》（なんでも屋）へ一時変更します』

技能：土木作業　レベル（仮）……土木作業の効率化。土木作業速度上昇。レベル×1％。効果時間レベル×5分。SP：4

技能：道具耐久度上昇　レベル（仮）……使用する道具の耐久度の上昇。道具耐久度上昇。レベル×1％。SP：消費なし

まだ掘れと？

ざくざくざくざく。

もう嫌……

あ、そういえば、掘り出したものを鑑定してないや。

何があるかなっと……スキル【鑑定】!!

土：地面の土。場所によって固さや性質が違う。粘土《ねんど》の材料

やっぱり粘土《ねんど》の作製ができるのか。何が必要なんだ？

▲素材（NEW）
粘土《ねんど》（NEW）……土＋水で作製。SP：2

ほうほう、これは中間素材的な？　作れば別のものが作れるようになるかな？

って、水がない……

これは川を探さないといけないのでは？

川……どこだよ……

は〜周りを歩いてみるしかないかな。

それよりもさ、一つ気になったことがあるんだ……

弓を使ったら、狩人の職業が解放されたけど、どうして剣を使ってるのに剣士的な職業が解放されないのだろうか？

スキル【ＤＩＹ】も謎だけど、やっぱり職業【なんでも屋】は謎すぎる……

これ絶対、神様が見てるんじゃないだろうかとさえ思えるな。

それよりも、まずは川を探そう。

この土は……持っていけないな。

素材と作ったもののほとんどは、置いていくか……


水辺を探しつつ、周辺を探索していると、前方にゴブリンを発見。数は三匹。

うん、集落崩壊二日目にしてこれだけ湧《わ》くって、さすがゴブリンだな。

狩人のスキルが欲しいから、狩人にして戦ってみるかな。

『職業：なんでも屋の起動を確認しました。職業：狩人（なんでも屋）へ一時変更します』

これでよし。

では、カイト行きま〜〜〜〜〜〜〜〜〜〜〜〜す!!

「チェスト〜〜〜〜〜〜〜!!」

剣を抜き、手前のゴブリンに目掛けて縦斬りをしてみたが、綺麗《きれい》に半分になった。

うん、グロい……けど慣れた。

その奥にいたゴブリンが慌《あわ》ててこん棒を振り下ろしてきたのを、左に避けつつ、左側にいたゴブリンの胴《どう》を薙《な》ぐ。

こん棒を振り下ろしたゴブリンが、しゃがみこんだ状態で硬直していたので、その首をはねた。

首から上が飛んでったゴブリンは、噴水のように液体を流し絶命した。

ふう、戦いにも慣れたな。

最初の頃みたいに、手についた感触を嫌だとは思わなくなってきた。

でもまあ、この後テンプレの盗賊とか来ないといいんだけど……

さすがにまだ人殺しはしたくないからね。

ゴブリンの討伐の証《あかし》と魔石（極小）二つを拾い、探索を続けた。

あれ？　剣で倒したら職業を変えた意味なくない？

うん、気にしたら負けだな。

しばらくすると、森を抜けそうな位置まで来てしまい、もう一度森へ戻ろうとしたときだった。

「おら～～～!!　おとなしくしやがれ!!」

「上玉《じょうだま》じゃねぇ～か。こいつぁ～高く売れそうだ。よしお前ら。女には傷つけんじゃね～ぞ!!　男は皆殺しだ!!」

はい来たテンプレ。

街道沿いに馬車が転倒しており、そのそばでは、若くて金を持ってそうな母親とその子供らしき女の子が、何人かの怪しい男たちに捕まっている。

これってどうしろっていうんだよ……このまま森に帰ってもいいですか？

あ、女の人と目が合っちゃったよ。

「誰でもいいから、この子だけでも助けて‼」

声かけんなし‼

「おう、そこにいるやつ出てこい‼　さもね～と、こいつらをぶち殺すぞ‼」

ええ～、俺その人たち知らないし……

商品にするって言っておいて、殺すってどうよ？　頭が足らんのかな？

「お願いです‼　この子……この子だけでも‼」

「ママ～怖いよ～」

俺が出てこないもんだからって、子供を使うのずるくないか？

それにしても、護衛はどうしたんだ？　って、倒れてるのがそうか。

取り押さえてるほうにも同じ格好《かっこう》のやつがいるな。最初から護衛にまぎれてたみたいだ。

「おいどうした‼　早く姿を現せ‼」

なんか、でかくて厳《いか》ついやつが吠《ほ》えてるな～。

でも、どっかで見た気もしなくもないかも？

「兄貴兄貴。数人で囲っちまえばこっちのもんですぜ」

あれ？　この声どっかで聞いたことあるような……

どこだっけ？　……あ、あいつだ!!

マキシマムだ!!

ということは、あのでかいのはデカールか!!

つか、冒険者から野盗に転職したのかよ……人数は……八人……

さすがにきついかな……

「痛い!!　やめて!!　た、助けてください!!」

「痛いよママ～～～!!」

「む、娘にだけは手を触れないでください!!」

あ～～～～～～～～もぉ～～～～～～～～～～!!

「スキル【ホークアイ】!!　スキル【投擲《とうてき》】!!」

俺はその辺にあった石を数個持って、力いっぱいぶん投げた。

投げた石はかなりのスピードで男たちに向かっていった。

今まで見たことのないスピードだった。

スキルすげ～な。

ぐしゃ!!　ドガン!!　ボキン!!

「ぐわ～～!!」

「ぐぼっ‼」

「ぎゃ～～～‼」

うまく命中した三名の賊がその場で倒れ込み、痙攣《けいれん》しているのが見えた。

俺はすぐさま剣を抜き、そのままダッシュで斬り込んだ。

「デカールの兄貴‼　あんときのあいつでさぁ‼」

「貴様か‼　この前の落とし前をつけさせてもらうぞ‼」

デカールたちが目を血走らせながら斬りかかってきた。

でも、やっぱり連携は全くできていない。

まだスキル【ホークアイ】の効果中なので、走りながらその辺の石を拾い、さらにぶん投げてやった。

「ブベラ‼」

「ヒデブ‼」

「イ、イライ……」

起き上がろうとした賊を含め、ヒットしたみたいだな。

「よくもデブリングたちを‼」

「デカールの兄貴、頼んます‼」

いやいや、マキシマムよ……お前も来いよ。

「これでもくらいやがれ‼」

デカールが身の丈はありそうな大剣を振り下ろしてきたが、めっちゃ遅く感じた。

スキル【ステップイン】‼

デカールの懐《ふところ》に入ると、そのまま左脇構えの状態から斬り上げた。

デカールも斬られまいと後ろへ体をそらしたが、間に合わなかった。

俺の剣はデカールの両腕の肘《ひじ》から先を斬り飛ばした。

「ぎゃあああああああ～～～～～～～～‼」

「兄貴‼」

次にマキシマムが斬りかかってきたので、俺は振り上げた剣をそのまま素早く振り下ろし、その首をはねた……

うん、意外と問題なかったな……

戦い終わった場所は血で赤く染まり、あたりは錆《さ》びた鉄のにおいが充満していた。

転倒した馬車のそばで、捕まっていた親子は抱き合いながらこちらを見て震えていた。

すぐ横で両腕を切断されたデカールが、痙攣《けいれん》している。

そして、あちらこちらに人の死体が散らばっている。

うん、カオス……

親子に声をかけて、すぐにこの場を去りたい……

「大丈夫ですか？　おケガは？」

「あ、危ないところ、た、たすけて、い、いた、ただき……あ、ありがとう……ございます」

母親は顔を青くさせ、震える声で答えてくれた。

そりゃ怖いよね、この光景……

あ、俺は血まみれだわ。

スキル【クリーン】!!

ついでに、親子にもスキル【クリーン】!!

これでよし。

とりあえず親子を街まで連れていかないとな……

「立てますか？　このままここにいてもいけませんので、街までお送りします」

俺は極めてやさしく、極めて優しく声をかけたんだよ。

すると、女の子が涙目だけど、にっこり笑って——

「お、お兄ちゃん……ありがとう……」

はい、俺はもう陥落《かんらく》しました……子供の笑顔は反則です!!

陥落《かんらく》した俺は、親子を連れて街まで戻った。

現場はそのままにしてきたので、衛兵に事の顛末《てんまつ》を伝えて処理をお願いする。護衛については生死不明だ。俺は誰が敵かわからない。だから、あえてそのままにして親子だけを連れてきたのだ。

衛兵の一人が、親子を見るなり慌《あわ》ててどこかへ行ってしまった。

しばらくして、姿勢のいい男性が馬車を飛ばしてやってきた。

「奥様!!　ご無事ですか!?」

男性は母親を見るなり、慌《あわ》てて声をかけていた。

「私とこの子は無事です。ですが護衛の者たちが……ただ、この方が通りかかってくれたおかげで私たちは一命を取り留めました」

母親は俺を見ながら、男性に説明をしていた。

俺はなんだか嫌な予感しかしなかったが、この場を逃げることもできない。

「まずはお二人がご無事で何よりでした。旦那様も屋敷でお待ちです。さぁ、早く馬車へ」

「ありがとうセバス。行きましょう、リリア」

「はいママ」

二人が馬車に乗り込むのを確認したセバスが、俺に話しかけてきたんだが……

「そこのお前!!　平民が奥様やリリア様に無礼なことをしてはいないだろうな!!」

ええ〜そこ〜〜〜〜〜〜!?

むしろ巻き込まれた方なんですけど!?

この国の貴族って、やっぱ俺のイメージ通りの貴族なんだな……

「は〜。俺は巻き込まれて、しかもここまで無料で護衛したんだ。お前にそこまで言われる筋合いはないぞ？」

ごめん、さすがに嫌みが出てしまった……

「くっ!!　貴様の顔は覚えた!!　覚悟しておけ!!」

そう言うとセバスは馬車を走らせ、貴族街へと向かっていった。

うん、やっぱり貴族は好きになれそうにない……

そういえば、採取したものを現場に置いてきちゃったな。

これって依頼未達成になるの？

は～、とりあえずギルドに報告しよう……面倒だな……

相変わらず、夕方の時間帯のギルド会館は激混みだった。

周りを見渡すと、疲れ切った冒険者パーティーに、冗談《じょうだん》を言えるだけ体力が余ってる冒険者。また、おそらく明日の冒険のために、通称ポーターと呼ばれる運搬専門の冒険者が自ら売り込もうと声を上げていた。

確かにどれだけうまく討伐できたとしても、大物だったら持ち帰りが大変だ。

その辺をクリアするために、運搬専門の冒険者が役に立つらしい。

かといって、俺はそれほどの大物を仕留めているわけじゃないから……

スライムとゴブリンしか倒してない気が……うん、やめよう。

だが、彼らとてただの手伝いというわけじゃない。

彼らは荷物を護衛しつつ戦域を離脱しなくてはいけないのだから、並大抵の強さではないのだ。

そんな、人がごった返す中を進んでいくと、いつものようにキャサリンさんが忙しそうに書類と格闘していた。

「お疲れ様です、キャサリンさん」

「おかえりなさいカイト君。依頼は無事達成できた？」

俺はさっきあったことを包み隠さず伝えた。

そのせいで、収集品を現場に残す羽目《はめ》になったんだから。

「それは大変だったわね……ちょっと待ってて」

キャサリンさんは後ろにいた職員に何か伝えていた。

なんかこれ、前もなかったか？

「それじゃあ、今からギルマスの部屋に行きましょうか」

あ、これ拒否不可のやつだ。

俺は半強制的にギルマスの部屋へと連行された……

何を好き好んで、ゴリマッチョなおっちゃんと話をしなければいけないのか。

「おう来たな、とりあえず座れ」

「どうも」

俺が中に入ると、チラリと俺の方に目をやり、また書類作業に戻っていくおっちゃん。

俺は指示に従い、ソファーに腰かけることにした。

その間もおっちゃんの手は止まらず、ひたすらに処理を続けている。

うん、なんだかんだ言って、きちんとギルマスとしての仕事をしてるんだな。

「ギルマス、本日決済の書類処理終わるまでは帰れませんからね？」

「いやだがこの量は……」

現在夕方すぎの時間帯にもかかわらず、おっちゃんの机の脇にも書類の束が積み上げられており、この量だと今日は帰れないんじゃないかと思ってしまった。

「この量は、じゃないです。午前中いっぱい姿が見えないと思ったら筋トレしてたとか……どれほどあほなんですか？」

前言撤回《てっかい》、本当にこのギルマスで大丈夫なのか？

キャサリンさんが舵取《かじと》りしてるんじゃないかって本気で思えたよ。


それからほどなくして、キャサリンさんの許可が下りたのか、書類の処理を一旦止めたおっちゃんが、俺の向かいのソファーに腰を下ろした。

「よ!!　ほ!!　ふん!!　ふぅ～、身体が凝《こ》ってだめだな。それにしても、お前さんも災難だったな。しかも賊がお前に絡んだやつらだったっていうじゃねえか。あいつらは一昨日付でギルド除名処分になってたんだよ」

おっちゃんは凝《こ》り固まった体をゴキバキとほぐしながら、キャサリンさんから手渡された書類を読み終えると、俺に向かってその書類を渡してきた。

うへ～、出るわ出るわ。

あいつら賊に成り下がる前も、ほとんど真っ黒じゃないか。

だが、どれも小さい犯罪ばかりだな。

窃盗恐喝恫喝《せっとうきょうかつどうかつ》などなど、殺人関連はしてなかったわけだけど……

冒険者ギルドとして、これはどうなんだろうな？

よくこんな冒険者を野放しにしてたなって、非難したくなった。

でも、デカールについてはほとんど罪らしい罪はなかった。むしろ今回の件もマキシマムたちに巻き込まれたのかもしれないな。

まあとりあえず、俺に損害がなかったらよかったんだけど、すでに損害が出てしまった。

なら、文句言ってもいいんだよね？

「災難もいいとこだよ。採取したものも現場に置きっぱなしだし、なんか貴族の執事《しつじ》っぽいやつに因縁《いんねん》つけられるし。散々だ」

「その件について大体事情は聞いてる。おそらく問題になってる貴族は公爵家だ。あの方本人は悪い人ではないんだがな……今回の一件でだいぶナーバスになってる。ギルドとしてもお前さんを売るような真似《まね》はしないから、その辺は信用してほしい」

うん、超絶面倒な案件が来たね……

よりによって公爵家ですか……

下手すりゃ王族の流れを汲《く》んでる血筋じゃないですか？

これって、かなりまずいんじゃないですか？

なんでこんなのに巻き込まれたんだろう……

「それはそうと、今回受けた依頼は未達成でペナルティ発生なの？」

「それはなしだ。もともとペナルティなしの依頼だからな。逆に貴族を助けた行為について、褒賞《ほうしょう》は出るぞ。それにしても、お前本当にGランクなのか？　あいつらは腐《くさ》っても元Dランクだぞ？」

まじですか？　やっちゃった？　失敗した～。

「たまたまだよ。運よく投げた石がクリーンヒットして、たまたま斬り上げたらデカールを斬り裂いて、たまたまそのまま振り下ろしたら、そこにマキシマムの首があっただけ。うん。たまたまだ」

「そんなたまたま、あってたまるかっての。お前のギルドカードを寄越せ。ランクアップだ。喜べ、Gから飛び級のDランク。一応Dランクの試験に盗賊討伐もあったから、それをクリアしたことにして申請する」

はい、無理やりランクアップのテンプレ来た～～～～!!

ここでもテンプレ回収とか、どうなんだ？

俺は、Dランクのギルドカードをもらい宿舎へと戻った。

もういいや、今日は寝よう……おやすみなさい。

そう、このときの俺は今後の生活に関する問題が浮上するなんて思ってもみなかったんだ……

■十二日目　どうやら宿なしになりそうです

今日は、昨日できなかったレンガの作製のために水場を探そう。

東の森に水場はあるだろうから、冒険者ギルドに行けば何かわかるかもしれないな。

冒険者ギルドで、俺はキャサリンさんに東の森の川の位置を確認した。

キャサリンさん曰《いわ》く、「それだったら、街の近くの川でいいのでは？」とのこと。

『素材集め＝東の森』っていう思い込みをしていた。

俺は改めてクエストボードをのぞいてみる。

今回もいつもと代わり映えせず、依頼書をはがし損ねた切れ端が数か所ついているだけだった。

俺がいつもと同じクエストを受け、会館を後にしようとしたとき、キャサリンさんにこう言われた。

「そうそう、カイト君。今いる部屋は一週間以内に明け渡しをお願いしますね？」

え？　なんで？　どういうこと？

「あれ？　聞いてないの？　宿舎はＧからＦランク用よ？　ちょっと待ってて」

キャサリンさんは慌《あわ》ててカウンターから離れて、バックオフィスへ向かっていった。

そしてすぐに男性職員を連れて戻ってくる。

「ごめんなさい!! 誰かしらが話をしているとばかり思っていたわ。ということで、事務職員から説明させてもらうわね？」

「ラウエルと申します。この度はこちらの不手際《ふてぎわ》でご迷惑をおかけします」

誠心誠意謝る姿勢を見せる職員に、俺はどうしていいかわからなかった。

「まずは現状の説明ですが、今カイト様がお住まいの建物は、基本Fランク以下の冒険者の簡易宿泊施設です。ただし、Eランクには月額銀貨一枚でお貸ししております。カイトさんは昨夜晴れてDランクに昇格しましたので、退舎条件に該当したのです。そして、この話を聞いてから期限が有効になりますので、本日より一週間が期限となります」

男性は再度深々と頭を下げた。

「わ、わかりました……」

俺はそう返すのが精いっぱいだった。

や、やばい……一週間後には宿なしだ……

明日から冒険者ギルドにもっと早く来て、依頼争奪戦に参加しないといけないな。

「お金を稼《かせ》ぐなら、この街の近くにダンジョンが数か所あるから、そちらを考えてもいいかもしれないわね」

キャサリンさんが言うには、近くに初級・中級・上級と複数のダンジョンがあるらしく、Dランクなら初級・中級の探索が許可されるそうだ。

確かに、ダンジョンに行く方がいいのかもしれない……

そのためにはスキルレベルを上げて、戦えるようにしないとな。

今日は依頼を受けないで、スキルの確認を優先しよう。

「キャサリンさん、さっきの依頼はキャンセルしてもらえますか？　ちょっと予定を変更しないといけなくなりました」

「そう、本当は違約金が発生しちゃうんだけど、今回の件はこちらの完全な不手際《ふてぎわ》だから仕方がないわ」

そう言うと、キャサリンさんから一枚の紙を受け取る。

そこには、依頼キャンセルの宣言書が記載されていた。

ただし、今回はそれが免除っていうことだから、ありがたかった。


キャサリンさんに礼を告げ、東門から出て大体三十分くらい進んだところに、キャサリンさんが言っていた川がある。ここは、いつも通る橋なんだよな……

とりあえず、レンガの材料になる粘土《ねんど》を作るため、土を集めるのにスコップ作らないと。

というより、持ち運びのために荷車とかを準備する必要があるかもしれない。

毎回作るのも面倒だし。

周囲を探すと、すぐに石と木は見つかったので、それらを目の前に並べる。

「石のスコップ」

いつも不思議に思うけど、目の前の石と木が光った後に、スコップが現れる。

これがどういう原理でこうなるのか、まじめに謎である。

さすが謎スキル。

ついでに、職業も変更っと。

『職業：なんでも屋の起動を確認しました。職業：土木作業員（なんでも屋）へ一時変更します』

あとはスキルを起動して……スキル【土木作業】!!

よし、五分で作業だ。

って言っても、五分後にはＳＰは回復してるんだけどね。

まずは土集めのついでに川の水を引き込む落とし穴を作ろう。

ザクザクザクザク。

腕痛い……

ザクザクザクザク。

腰痛い……

ザクザクザクザク。

とりあえずこれでいいかな？

あ、土が水を吸ってる？　もしかしてこれ、スキルを使わなくてもいいの？

スキル【鑑定】!!

粘土《ねんど》：水分を含んだ土。多用途に使用可能。レンガの材料

来た～～～～～!!

ピコン!!

『DIYのレシピが追加されました』

待ってました～～～!!

▲素材（NEW）

レンガ（NEW）……粘土《ねんど》で作製（乾燥《かんそう》施設が必須）。建築素材。耐熱・不燃性付与。

溶鉱炉の材料。SP：5

なんですと!!　溶鉱炉が作れちゃうの？

まじで!?

その前に、乾燥《かんそう》施設ってなんかあったかな？

あれか、石かまどか!?　まさかここで使うことになるとは。

そうすると、レンガを作るために石かまどが必要。

石かまどを作るために石が必要。

石の回収につるはしが必要ってことか。

まずは、つるはしの準備からだな。

『職業：なんでも屋の起動を確認しました。職業：なんでも屋へ変更します』

石と木を並べて……

「石つるはし」

これで石を割って、石の回収っと。

『職業：なんでも屋の起動を確認しました。職業：採掘者（なんでも屋）へ一時変更します』

スキル【高速採掘】!!

カンキンカンキンカンキンカンキン。

手がしびれてきた。

カンキンカンキンカンキンカンキン。

腕が張ってきたな。

カンキンカンキンカンキンカンキン。

あれ？　少しマシになった？　まさか……

技能：高速採掘　レベル１（１ＵＰ）……採掘作業の効率化。採掘速度上昇。レベル×１％。効果時間レベル×５分。ＳＰ：４

おお、これもレベル（仮）がとれた。

成長とは嬉しいものだね。

数も集まったし、次は石かまどの作製だな。

『**職業：なんでも屋の起動を確認しました。職業：なんでも屋へ変更します**』

そういえば、なんの気なしにスキル【ＤＩＹ】のときもなんでも屋にしてたけど、いるのかな？

ま、それはおいおい考えよう。

「石かまど」

いつ見ても不思議な光景だな。

光ったと思ったら目の前に現れるとか、ゲームじゃないんだから。

よし‼　次はレンガ作製だな。いつものようにすればいいのか？

「レンガ」

石かまどと粘土《ねんど》が光ったと思ったら、目の前にレンガが現れた。

スキル【鑑定】!!

レンガ：建築素材。耐熱のため溶鉱炉作製にも必要

ピコン!!

『**DIYのレシピが追加されました**』

まさか……ついに時代が……変わる!?

▲設備（NEW）

簡易溶鉱炉（NEW）……レンガ＋石＋魔石（極小）で作製。精錬設備。SP：20

精錬設備……ってことは、金属製品が作れるのか!?

それにしてもレンガか……

そもそも俺、精錬設備の構造を知らないんだけど？　さすがにご都合主義全開やしませんか？

粘土《ねんど》を集めてレンガ作ってって流れでいいのかな、レシピ的には。

……さて、頑張《がんば》りますか。

『**職業：なんでも屋の起動を確認しました。職業：土木作業員（なんでも屋）へ一時変更します**』

スキル【土木作業】!!

ザクザクザクザク。

地味……

ザクザクザクザク。

しんどい……

ザクザクザクザク。

腕痛い……

ザクザクザクザク。

ザクザクザクザク。

少しマシになったな……これはスキル取得か？

技能：土木作業　レベル1（1UP）……土木作業の効率化。土木作業速度上昇。レベル×1％。
効果時間レベル×5分。SP：4

技能：道具耐久度上昇　レベル1（1UP）……使用する道具の耐久度の上昇。道具耐久度上昇。
レベル×1％

ついに、道具耐久度上昇まで取得したわ。ラッキーかな？

粘土《ねんど》も集まったし、レンガの作製だ。

これも実験。職業は土木作業員のままで作ってみよう。

「レンガ!!」

反応なし……ですよね～。

『職業：なんでも屋の起動を確認しました。職業：なんでも屋へ変更します』

最初からこうしてればよかったんだよ。誰だよ実験してみるって言ったの。はい、俺ですね。

「レンガ」

うん、できた。そして、普通のレンガだ……

こういうときって耐熱レンガだっけ？　ああいうの作らないといけないと思うんだけど、いいのかな？

どう見ても花壇のところにあるやつにしか見えないんだけど。

まあその辺は、スキルのご都合主義様がなんとかしてくれると期待しよう。

ということで、必要な個数はいまいちわからないけど、とりあえず二十個くらい作ろう。

もしダメだったら追加を作ればいいだけだしね。

それにしても、意外と不親切なレシピだよね。


土を集めるところからだから、時間がかかった……それでも無事二十個作製完了。

というわけで……念願の簡易溶鉱炉の作製だ。

レシピは……

▲設備
簡易溶鉱炉（NEW）……レンガ＋石＋魔石（極小）で作製。精錬設備。SP：20

レンガ……OK。

石……OK。

魔石（極小）……

魔石（極小）!?

手持ちないよ……

待ってろ……ゴブリンよ!!

「魔石（極小）が必要……ってことは、一応目標五個として、あとは取れるだけって感じかな。でもドロップ率百パーセントじゃないから少し多めに見積もらないといけないかも。それでも、倒していればそのうち集まるか」

東の森に到着した俺はつい呟《つぶや》いてしまった。

周りに人の気配がないから問題はない。

そう、寂《さび》しい人認定はしないでいただきたい。

『職業：なんでも屋の起動を確認しました。職業：狩人（なんでも屋）へ一時変更します』

命中補正とホークアイのスキルは持ってて損はないから変更しておこう。

俺は手に石を数個持って探索を開始した。

え？　弓矢は使わないのかって？

それは簡単だ。

羽根が手に入らないんだよ。そのせいで矢が作れない。

だったら買えばいいだろって言われそうだけど、地味に高いんだよ矢が。

それに比べて石はその辺に転がっているから〝ただ〟だし。

何よりも威力がかなり高いからね。

――って、誰に俺は話しているんだ？

まあいいか。

しばらくすると、川岸にゴブリンの姿が見えた。

数は……四。あと一匹足りなかった。

まあ、いいか。

スキル【ホークアイ】!!

やっぱりこのスキル使うと見やすいな。
スキル【投擲《とうてき》】!!
ゴッ!!
スキル【投擲《とうてき》】!!
グチャ!!
スキル【投擲《とうてき》】!!
ガッ!!
スキル【投擲《とうてき》】!!
キーン!!
最後の一撃。
なんか変な音が聞こえた気がした。
前かがみで倒れて泡を吹いているゴブリンがいるが、気にしたら負けだ。
剣を構えたまま近づくが、動く気配はなかった。
一匹だけもだえ苦しんだ表情を浮かべているけど、気にしたら負けだ。
うんあれだ、もともとそういう顔だったんだ。
南無三《なむさん》!!
よし、無事討伐完了だ。

ゴブリンから討伐の証《あかし》となる左耳をはぎとると、ゴブリンたちは消えていった。

残されたのは、腰布四枚と魔石が三つにこん棒が一つだった。

魔石以外は見なかったことにしよう。うん。

それにしても、少しだけ当てやすくなった気がするな。

技能：投擲　レベル2（1UP）……何かを投げる際、命中率補正がつく。レベル×1%。SP：1

やっぱり上がってたな。

しかし、スキルによって上がり方が違うのはなんでだろうか。それもそのうち検証が必要だな。

とりあえずもう少し魔石も集めよう。あまり時間をかけると暗くなってくる。

しばらくすると川岸に三ゴブリン発見。

先制攻撃してしまおう。投擲《とうてき》万歳。サクサク討伐して作製作業に入ろうかな。

スキル【ホークアイ】!!

おろぉろぉろろろ～～～!!

み、見ちまった……

ゴブリンたちは水浴び中……腰布をはいてない……見たくなかった。

ちくしょう、今のでゴブリンに見つかっちゃったよ……

気を取り直して迎撃戦だ!!

俺に気がついたゴブリンたちは、慌《あわ》てた様子で棒を振り回しながら迫ってきた!!

せめて、腰布くらいはきやがれ!!

ああ、ちくしょう。

気力を振り絞《しぼ》って、俺は腰に下げた剣を抜く。

迫りくるゴブリン三匹に対して、俺は剣を真正面に構えて迎え撃った。

ゴブリンAが棒を振り回して迫ってくる。

こん棒ね、こん棒。

俺はこん棒に狙いを定め叩《たた》き落とし、そのままがら空《あ》きとなった首をはね上げた。

ゴブリンAの頭と体が分かれ、首からは噴水のように体液をまき散らしていく。

そして、遅れたようにばたりと地面へ倒れていった。

はね飛ばした頭部はごろごろと地面を転がり、ゴブリンB、Cのもとへ。

苦悶《くもん》の表情を浮かべていたゴブリンAの頭部を見たBとCは、激怒したように奇声を発している。

「うるさい!!」

ゴブリンAの体をBに向けて蹴り飛ばしてやると、Bは慌《あわ》てて回避行動をとりはじめた。

Cは目を見開いて硬直していた。

「次はお前だ!!」

動けなくなっているゴブリンCが狙いどころかな？

俺は高く振り上げた剣で、ゴブリンCを右肩から左脇にかけて斬り裂いた。

ゴブリンCの体は、俺の斬撃から一拍ずれてズルリと地面に崩れ落ちた。

ゴブリンBはAを躱《かわ》した際に体勢を崩し、地面に転げていた。

ゴブリンBが体を起こす頃には、他に立ってるゴブリンはいなかった。

その状況に恐れをなしたのか、後ずさるゴブリンBに向けて俺は駆け出した。

ゴブリンBは慌《あわ》てて棒を振り回したが、それをかちあげ、そのまま返す太刀筋で斬り裂いた。

って、こん棒だからね、ゴブリンが振り回しているの。

戦闘を終え、周囲に立っている者はいなかった。

それにしても……いつ見てもグロいな。

ゴブリンたちから討伐の証《あかし》を回収すると、いつものように体は消えていった。

残されたのは腰布三枚と魔石二個だった。

「ドロップアイテムは魔石二つか」

これで、とりあえずの目標は達成と。

俺はさっきまで作業していた場所に戻ると、さっそく作製に取りかかった。

「簡易溶鉱炉」

俺の言葉をキーワードにしていつもよりも強い光が出た後、素材はその場から消え去り、一基の溶鉱炉ができ上がった……

「でか!!」

思わず叫《さけ》んでしまった。

それもそのはずで一辺二メートルほどの設備ができ上がった……のはいいんだが、これどうするよ？

このままにはできないよね？　スキル【鑑定】!!

簡易溶鉱炉：鉱石をインゴットへ変える。エネルギーとして魔石が必要

新たなワードが出てきたぞ。鉱石にインゴット。

つまりは鉱石を集めなきゃならないってことなのか……

それはまた、ギルドに聞けばいいかな。

聞いた話では、北側は鉱山区画があったはずだし。

ピコン!!

『スキル：DIYのレシピが規定値を達成しました。アイテムボックス機能が追加されました』

またもご都合主義様がご活躍なされた。どんな内容なんだ？

技能：アイテムボックス　レベル１（ＮＥＷ）……収納魔法。収納量上昇。レベル×５枠。一枠の収納個数レベル×10。大きさ・重さ無制限（箱に梱包した場合は一個とみなす）

最高じゃないか!!　何このぶっ壊れ性能。収納箱と組み合わせたらかなりの量が運べそうだな。

ただ、これはこれで厄介《やっかい》ごとになりそうだな……

ギルドに戻ったら、アイテムボックスとかの収納系のスキルについて確認した方がよさそうだ。

それじゃあ、ものは試しに、ここにある簡易溶鉱炉でも収納してみよう。

さすがに持ち運ぶのは無理があるだろうしね。


「収納!!」


入ったし……

まじめに壊れスキルだろ、これ……

だめだ、このままだと、俺の心の平穏が俺自身のスキルによって乱されていく。


そして無事に、俺は街へと帰還した。

「ただいまキャサリンさん。はいこれ、討伐の証《あかし》です」

「お疲れ様ですカイト君。今日は薬草類はなしなのね」

冒険者ギルドに戻った俺は、すぐにキャサリンさんのもとに向かった。

すると、キャサリンさんは笑顔は笑顔なんだけど、すごく微妙そうな顔をしていた。

あれかな？　薬草が好きだとか？　そもそも今日は依頼を受けてないんだけどね。

キャサリンさんはバッチイものでも触るように、ゴブリンの左耳を指先でつまんでいた。

うん、そうだよね……

って、そういうことしてる場合じゃなかった。

収納系スキルについて確認しないと。

「そうだキャサリンさん。ギルドにスキルの情報が集まっているのは間違いないですよね？」

「そうね、君のスキルは別として、大概《たいがい》のスキル情報は集まってきているわ。中には秘匿《ひとく》している人もいるだろうけど、無理に聞き出すわけじゃないから」

お～しおしおし、この流れだったら絶対に怪しまれないはず。

俺はなんとかポーカーフェイスを維持してさらに質問を重ねた。

「噂《うわさ》で聞いたんだけど、アイテムボックスとかっていう収納系スキルは、実在するんですか？」

これなら、怪しまれないはず……はず!!

存在するかしないかの質問だし、問題ないはず!!

「そうね、アイテムボックスというスキルは存在しているわよ？　でも、ほとんどの人は習得しても厄介《やっかい》ごとに巻き込まれるからと隠しているわ。つまり、存在していることを知っているということとは、そういうことよ」

はいばれた〜。一瞬でばれました。

というわけで、そのまま別室へ直行となりました。


「ギルマス、カイト君をお連れしました。また厄介《やっかい》ごとです」

「おう、入れ。やつの厄介《やっかい》ごとは想定内だ。それに、伝えないとならんこともあるしな」

もうさ、俺はトラブルメーカー的扱いなのか？

今日は意外と書類量が少ないみたいで、おっちゃんはすぐに俺の前のソファーに腰を下ろした。

「で、またこいつは何をやらかしたんだ？」

「アイテムボックスです」

キャサリンさんの答えに、おっちゃんは口に含んでいたお茶を噴き出し、目を見開いていた。

しばらく硬直してから、動きはじめたおっちゃん。

だけど、どこかぎこちない。

「マジか？」

「マジです」

二人はとても険《けわ》しい表情で話をしているけど、俺にはなんのことかよくわからない。

俺は手持無沙汰《てもちぶさた》になってしまったので、作れる範囲で何かを作ることにした。

石の矢は昨日使い切ったし、あると何かと便利だからね。

アイテムボックスから素材を出して……っと。

「石の矢」×7。

よし、少し休憩《きゅうけい》したらまたやろう。

ん？　なんか二人とも見てくるけどどうしたんだ？

そんな見つめられると照れるんですが。

「おい、いったい何をしたんだ……」

「ギルマス……前に薬の話をしましたが。それだけではなかったようですね」

二人に呆《あき》れ顔で見られてしまった。

これも隠したほうがよかったのか？

「とりあえずカイト、お前さんは規格外だ。それを十分理解したうえで行動するように。あと、アイテムボックスは絶対に他人にばらすな。ばらしたら商人につかまるか、貴族につかまるぞ。せめて冒険者ランクAまで行けば干渉《かんしょう》を抑えられるから、それまで絶対にばらすな。これはギルマス命令だ!!」

はい、厄介《やっかい》ごとが増えました。

厄介《やっかい》ごと①アイテムボックスの存在。

厄介《やっかい》ごと②スキル【DIY】は規格外。

厄介《やっかい》ごと③貴族にすでに目をつけられている。

うん、この街を出たほうがいいのではと思ってしまった。

「質問だけど、冒険者ランクをAにするにはどうしたらいいんだ？」

Aランクに上がれと言われても困ってしまう。

いきなりDに上げられたけど、実際はどうやってランクを上げたらいいかよくわかっていない。

キャサリンさんが丁寧《ていねい》に説明してくれたが、Dランク以上は試験の突破が条件で、さらにギルド貢献度が必要となるらしい。

今の俺はランクDに上がったばかりだから、貢献度が全く足りていなかった。

むしろ、これから先はいくらゴブリンを狩ろうとも、ほとんど貢献度には影響が出ないという。

Dランクとしてはゴブリン討伐は役不足なんだとか。

試験突破自体は大体の冒険者が可能だが、ギルド貢献度不足で上がれないことが多々あるそうだ。

じゃあ、なぜギルド貢献度なんて面倒くさいシステムを設けたかというと、その昔、他の上位冒険者に寄生して試験を突破しようとする輩《やから》が後を絶たなかったらしい。

特に貴族の三男以降にその傾向が強く、上位ランク冒険者を雇って倒してもらい、手柄《てがら》にすることが多かったという。

そのため、苦肉の策として貢献度なんてものを設けたそうだ。

下位ランク冒険者が上位ランク冒険者と行動した場合、貢献度は大半が上位へ。残りを下位に分けられるそうだ。不正、ダメ!! 絶対!!

貴族のやつらめ……あいつらは俺の邪魔しかしないのか!?

それはそうとして、明日からの行動をどうすればいいか悩む。

「お前さんもDランクに上がったんだったら、北のダンジョンに行ってみたらどうだ? あそこなら、鉱石とかも取れるし、何よりも金になる。お前さん宿なし直行だろ?」

さすがギルマス。よく把握《はあく》なさっている。

「お前さんなら、薬も自前だし採算は取れるはずだ。あと、宿はこっちで見繕《みつくろ》ってやる。頑張《がんば》って稼《かせ》いでこい」

なんだか、これ、ブラック企業のにおいがしてきたんですが……

宿を紹介と言いつつも、縛《しば》られてますよね?

まあ、ちょうど鉱石も欲しかったからいいけど。

明日からはダンジョン生活かな……

「それとだ、お前さんに目をつけた公爵家から招待状が届いたが……って、そう嫌そうな顔するな。だろうと思って、俺の方で丁重にお断りしておいたぞ」

おお、おっちゃん気が利くじゃん。

にしても、こっちもこっちで面倒だ……

本気で拠点を変えようかな?

冒険者ギルドを後にした俺は、宿舎に戻りそのまま眠りについた。
もう本気で疲れた。
絶対貴族には関わらないぞ。
おやすみなさい。

名前：カイト・イシダテ　年齢：25　性別：男性　種族：ヒューマン
職業：なんでも屋　称号：転移者
■ステータス
HP：110／110（3UP）　MP：0／0　SP：30／30（7UP）
体力：17（4UP）（+3）　力：60（7UP）（+3）　知力：2　魔力：1　素早さ：75（3UP）
（−3）　魅力：5　幸運：50
■スキル
技能：DIY　レベル2（1UP）……低級アイテムの作製
　▲薬
　　回復薬（低）……ヒール草で作製。HP10％回復。SP：1
　　解毒薬（低）……毒草＋ヒール草で作製。低毒状態の回復。SP：1
　▲道具（NEW）

石斧……木材＋石で作製。原始的道具。ＳＰ：２
石つるはし……木材＋石で作製。原始的道具。ＳＰ：３
石のスコップ（ＮＥＷ）……木材＋石で作製。原始的道具。ＳＰ：３

▲武器
石の槍……バーチ材＋石で作製。原始的武器。ＳＰ：４
木の弓……アッシュ材＋木の蔓《つる》で作製。原始的武器。ＳＰ：３
木の矢……アッシュ材＋鳥の羽で作製。原始的武器。ＳＰ：３
石の矢……アッシュ材＋鳥の羽＋石で作製。原始的武器。ＳＰ：４

▲防具

▲素材（ＮＥＷ）
粘土《ねんど》（ＮＥＷ）……土＋水で作製。基本材料。ＳＰ：２
レンガ（ＮＥＷ）……粘土《ねんど》で作製（乾燥《かんそう》施設が必要）。建築素材。耐熱・不燃性付与。
　溶鉱炉の材料。ＳＰ：５

▲家具
机（簡易）……木材で作製。ＳＰ：３
椅子《いす》（簡易）……木材で作製。ＳＰ：２
収納箱（簡易）……木材で作製。ＳＰ：４

▲設備（NEW）
石かまど……石で作製。基本的野営道具。煮炊《にた》きができる。簡易乾燥《かんそう》設備。SP：5
簡易溶鉱炉（NEW）……レンガ＋石＋魔石（極小）で作製。精錬設備。SP：20
▲建築（NEW）
木の柵（NEW）……拠点防護用。木材で4m×2mの柵作製。SP：2
鑑定　レベル1……簡易鑑定が可能。名前と簡単な効果が判明。鑑定内容の追加。SP：3
ステップイン　レベル1……低い姿勢から相手の懐《ふところ》に入り込む。レベル上昇で距離延長。レベル×1m。SP：1
投擲　レベル2（1UP）……何かを投げる際、命中率補正がつく。レベル×1%。SP：1
クリーン　レベル1……どんな頑固《がんこ》な汚れも一発洗浄。レベルで範囲が広がる。レベル×1m。SP：1
高速採掘　レベル1（NEW）……採掘作業の効率化。採掘速度上昇。レベル×1%。効果時間レベル×五分。SP：4
道具耐久度上昇　レベル1（NEW）……使用する道具の耐久度の上昇。レベル×1%。SP：消費なし

土木作業　レベル1（NEW）……土木作業の効率化。土木作業速度上昇。レベル×1％。
効果時間レベル×5分。SP：4
アイテムボックス　レベル1（NEW）……収納魔法。収納量上昇レベル×5枠。収納個数レベル×10。重さ無制限（箱に梱包した場合は一個とみなす）

■十三日目　新たな領域へ

とりあえず鉄器時代へ移行するためにも、鉄鉱石が必要となる。

場所はおそらく北側だと思うけど、正確な場所を知らなかった。

ギルドのクエストボードでそれっぽいのを探していると、常設依頼で鉱石の収集があった。

『鉄鉱石収集。銅貨十枚』

『銅鉱石収集。銅貨七枚』

『鉛《なまり》鉱石収集。銅貨五枚』

これはおあつらえ向きな依頼があったもんだ。

これもまた、ご都合主義様の思し召《おぼ》《め》しかもしれないな。

詳しい情報を聞きに、キャサリンさんのもとへ向かった。

「鉱山跡地ダンジョン？　そうね、確かにあそこはE以上だから問題はないわね。詳細について知りたい？」

キャサリンさん曰《いわ》く、詳細は以下の通りだ。

『鉄鉱石一キロ採掘。場所：鉱山跡地ダンジョン。ランクE以上』

『銅鉱石一キロ採掘。場所：鉱山跡地ダンジョン。ランクE以上』

『鉛鉱石一キロ採掘。場所：鉱山跡地ダンジョン。ランクE以上』

ダンジョンについての注意点も教えてくれた。
①モンスターは岩関連の防御特化型が多い。
②ダンジョンの壁から、素材の鉄鉱石・銅鉱石・鉛鉱石が取れる。
③階層ごとにモンスターの強さが異なる。見た目が前の階層と同じでも、強さが異なる場合がある。
④徘徊型《はいかいがた》ボスモンスター『イレギュラー』が存在する。
⑤重要事項：ダンジョンは魔王の管理下にある。ダンジョン入場の際、受付をすること。
うん、④まではわかった。しかしだ……⑤が意味わからん。

確か、俺はその魔王を倒すために呼ばれたはずなんだが……
⑤についてさらに詳しく尋《たず》ねると、面白いことがわかった。
各種ギルドからすれば、ダンジョンは資源の宝庫なので、無理に攻略および討伐する必要はない。

つまり、各種ギルドは魔王との共存共栄を望んでいるという話らしい。

しかし、国としては魔王を討伐したいと……

その理由も教えてもらえた。
①魔王を倒すとダンジョンの権利が委譲される（らしい）。
②他国に対する牽制《けんせい》効果がある（らしい）。
③名声が得られる（らしい）。
国としては①が一番の理由で、ダンジョン利権が各種ギルド、特に冒険者ギルドに握られているのが気に入らないらしい。

国営化できれば、税金が取り放題となるからだ。

そのために、国は前々から何度か勇者の召喚を行《おこな》っていたようだ。

うん、はた迷惑な話だ。巻き込まれたこっちの身にもなりやがれ!!

冒険者ギルドは魔王討伐に反対のため、討伐作戦には関与しない方針だそうだ。

各冒険者個人では自己判断に任せると言っていた。

俺は関わらないようにしよう……

キャサリンさんからあらかた情報を聞いた俺は、早々に冒険者ギルドを後にしたのだった。

「カイト君、待って!!　……あ～あ、行っちゃった。まだ伝えてないことあったのに……水魔法使えるのかしら？」

キャサリンさんが何か言ってるようだけど、もう俺には聞こえなかった。

俺は、北門を目指して移動を開始する。

北側は商業区画で、とても活気に溢《あふ》れていた。

そこかしこから威勢《いせい》のいい呼び込みの声が聞こえてくる。

そんな騒がしい商業区画を抜け北門へ差しかかったとき、門のそばで揉《も》めている男女を見かけた。

衛兵も困った表情を浮かべており、仕事の邪魔だからどっかに行ってほしそうであった。

俺は衛兵に身分証を見せ門の外に出た。

そのときだった。

パン!!

何かが叩《たた》かれる音がして振り向くと、女性が男性にビンタをかましていた。

思わず俺は自分の頬《ほお》をさすってしまった。

気を取り直して外に歩みを進めると、驚きを隠せなかった。

東門と違い、岩肌《いわはだ》が露出した鉱山跡地らしき世界が広がっていた。

見渡す限り岩、岩、岩。

草花が申し訳なさそうに風に揺《ゆ》らいでいた。

俺は気を引き締めて、『鉱山跡地ダンジョン』へと向かった。

途中の道はとても険《けわ》しく、周囲は岩だらけで足が取られてしまう。

しかも道はお世辞《せじ》にも綺麗《きれい》とは言えず、馬車がすれ違えるぎりぎりの幅しかない。

ここで戦闘になったらひとたまりもないな。

しばらく歩くと、開けた場所に出た。

一瞬キャンプ地かと思ったが、そういった痕跡《こんせき》は見られない。

俺は事前に準備した（キャサリンさんからもらった）地図を確認しながら、鉱山跡地ダンジョンを目指していた。

ゴロゴロゴロゴロ……

ん？　なんの音だ？

ドン!!

いきなり後ろから激しい衝撃を受けた。

何かが俺を後ろから突き飛ばしたらしい。

咄嗟《とっさ》のことで回避行動もできず、もろにダメージを受けてしまった。

そのまま前のめりで二転三転して、なんとか受け身を取ることができた。

「くそ!!　いってぇ～～～!!」

だが俺が起き上がって周囲を確認しても、岩しかなかった。

見えない何かの攻撃かと思い、慌《あわ》てて剣を構え警戒態勢に移行した。

そして、すぐに襲撃者の正体がわかった。

岩だった。

そう、岩が転がってくる。

徐々に加速する岩が、俺を目掛けて転がってくる。

直線的な動きだったため、躱《かわ》すことができたが、坂でもないのになぜ転がってきたのか謎だ。

その岩は道の途中で止まると……俺は目を疑った。

にょきっと手足が生えてきたのだ。

「あれが……モンスター？」

これが、岩関連のモンスターってことでいいんだろうか。

岩モンスターは立ち上がると、俺と目（？）が合った。

じっとこちらをにらみつけているようだった。

それから、また手足を引っ込め体を丸めると、俺に向かって転がってきた。

来るとわかっていれば躱《かわ》すのはどうってことない。

慌《あわ》てることなく回避して、剣を打ち下ろした。

ガキン!!

甲高《かんだか》い音とともに俺の剣は、岩モンスターの装甲に阻《はば》まれ、弾かれてしまった。

その反動を殺し切れずよろめいた俺に向かって、岩モンスターはさらに追い打ちをかけてきた。

さすがに躱《かわ》せそうになかった俺は、覚悟を決めて剣でガードを試みた。

「ウォーターカッター‼」

遠くから女性の声が聞こえた。

俺の横を何かが通りすぎていく。

そして、来るはずの衝撃は襲ってこなかった。

「大丈夫？　けがありませんか？」

北門で揉《も》めていた女性がそこに立っていた。

「お兄さん、ここ初めて？」

「そうだけど、どうしてわかったんだ？」

近づいてきた女性は、俺に話しかけてきた。

しかし、その表情は呆《あき》れを通り越して、ジト目だった。

俺は思わずむすっとした顔で答えてしまった。

「だって、ここに来るのに水魔法関連やスキル、装備を持ってないから。こりゃ、初めての新人さんなのかなってね」

「そうだったのか……」

つまり、水関連の何かしらの方法がないと戦えないってことなのか？

俺が何か考え込んでいるように見えたのか、さらに情報を提供してくれた。

「さっきの岩に擬態《ぎたい》していたのが『ロックミミクリー』。基本的には転がってきて体当たりしてくるわ。強さ的には……下の下ね。気をつけなければいけないのはその外装。鉄の剣程度だと全く歯が立たないはずよ」

「だからさっき、攻撃がはじかれたのか。それじゃあ、剣士はこいつと相性がかなり悪いな」

俺の答えに首肯で答えてくれた女性。

なんともありがたいことだ。

「で、こいつの弱点は水属性。水に濡《ぬ》れるとその外装がふにゃふにゃになっちゃうのよ」

「つまり、水属性の魔法か、またはそれに準じたアイテムで一度濡《ぬ》らせばいいってことか……」

くそ、情報不足だ。なんでキャサリンさんは教えてくれなかったんだ？

「まあ、あとは雨の日とかは、カモもいいところだけどね」

なるほど、今日は太陽燦々《さんさん》と輝くいい天気だ。

こいつらからしたら最高の日じゃないか……

「というわけで、お兄さんが新人さんか、無謀なおバカさんかどちらかだなと思って手を貸したの」

「そうか、ありがとう。助かりました」

女性が倒した岩モンスターから討伐の証《あかし》をはぎとると、モンスターは地面にチリのように消えていった。

ドロップアイテムは魔石（極小）と殻のようなものだった。

彼女はこの後もここで狩りをするとのことで、ここで別れることになった。

俺は改めて礼を言い、その場を後にした。

あ、そういや名前聞きそびれたな。

ま、そのうち会いそうな気がするし、今はいいかな。


急いで街に戻った俺は、その足で冒険者ギルドへと駆け込んだ。

「なんで岩モンスターの弱点を教えてくれなかったんですか!?」

キャサリンさんにそう詰め寄ると、呆《あき》れた顔でジト目をされてしまった。

お、俺は悪くないんだからね!?

「それを伝える前に出ていっちゃったのはカイト君よ？　それに、聞きもしないのに答えられるわけないでしょ？　新しい場所に行く場合は必ず情報を確認する。それが冒険者としての常識よ？　一歩間違えば即死につながる職業なんだからね？　わかりましたか？」

とめどなく溢《あふ》れ出る言葉には、やさしさが詰まっていた……詰まってるよね？　ものすごくジト目が痛いんですが。

改めて対策について相談すると、さすがキャサリンさん。東区にある一軒の魔道具屋を教えてくれた。この店は隠れた名店らしく、店主は知る人ぞ知るその道のすごい人らしい。

うん、毎回思うけど、キャサリンさんの表現が独特すぎる……

また地図をもらいその店に足を運んだ。

……迷子になりかけて、衛兵に連れてきてもらったのは内緒《ないしょ》だ。

扉を開けるとそこは……

いっつあめるへん！！！

まじで目が眩《くら》みましたよ……

「いらっしゃい、魔道具店『ライラ』へようこそ、お客様《カモネギ》」

にこやかに営業スマイルで目をぎらつかせた女性が、店の奥から出てきた。

背丈《せたけ》はそれほど高くはないけど、スタイルはそこそこいい感じにまとまっている気がする。

それより何より、その衣装どうにかなりませんか⁉

どう見てもゴスロリでしょ⁉　この世界は癖《くせ》強すぎませんか⁉

って、まあ、その金髪に似合ってるから文句はないんですけどね。

むしろ肌《はだ》も白いし、ビスクドールって思えばしっくりくるかもしれない……

「あら、はじめましてかしら？　店主のライラよ。よろしくね」

ライラさんは俺を値踏みでもするかのように視線を移動させた。いくらキャサリンさんの紹介でも、気分はよくないよな。

そんなことよりも、今後のために装備品の相談だ。

「ロックミミクリーね～。なら、これなんかどうかしら」

店主が薦《すす》めてきたのは『水の杖』という魔道具だった。

戦闘用としては初期装備らしい。これを装備して杖に魔力を込める。

すると、杖の先端にある宝石部分から魔法『ウォーターバレット』が発動する仕組みらしい。

威力、射程は、込める魔力で変化するみたいだ。

いよいよ来たよ、ついに俺が魔法使いデビューする日が!!

さっそく試し撃ちをさせてもらえることになった。

店の裏手に移動すると、試射場が備わっていた。

しかも、防護魔法がきちんとかけられているので心配ないそうだ。

俺は左手に持った杖に魔力を込める。

込める……

込め……る?

込……める?

あの、込め方どうやるの?

「ねえ、あなた……ステータスの魔力値っていくつなの?」

「あはははは、それはとびっきりの……1です!!」

あ、ライラさんの目から光が消えた。

うん、明らかに冷やかしだと思われたかも……

それは困る。

「えっと、この代わりに使えそうなのをもらえますか……」

「……は～。じゃあ、これね、水の『魔晶石《ましょうせき》』。使い捨ての魔道具だけど、投げて破裂した場所を起点にして周りに水の爆発が起こるわ。魔力のない……1のあなたに使えるのはこれくらいよ」

よし、これに決めた!!

これくださいな!!

え？　一個銀貨一枚？　買う買う買う買う。十個くださいな。

これでやっとまともにあそこで戦える。

あ、でもこれってちゃんと元は取れるのか？

ライラさんの話では、ロックミミクリーのドロップアイテムは魔石（極小）と外殻なんだとか。

魔石（極小）が銅貨五枚。

外殻が銅貨五枚。

合わせて銅貨十枚……

つまり銀貨一枚……

これ……やってもやらなくても変わりがないパターンでは？

むしろ、ドロップ率百パーセントじゃないと赤字じゃね？

ロックミミクリー許すまじ!!

……通行料だと割り切ろう。

「あなたは初心者っぽいから、先に忠告よ。道のはずれにある大穴には絶対に近づかないこと。おおよそ『アーマードロックアント』の巣よ。硬さはロックミミクリーなんてかわいいものだわ」

「わかりました。近づかないようにします」

追加情報で、大体は魔法職に魔法で外殻を破ってもらって、近接職がとどめを刺す流れが一般的だそうだ。

ソリストの俺には関係ない話でもある。

それにしても、今の話を聞けて本当にラッキーだった。

知らなかったら洞窟《どうくつ》かと思って入ってしまっただろうから。

本当に情報とは大事だと身に染みた一日だった。

今日はこれくらいにして、明日に備えよう。

おやすみなさい。

■十四日目　アイテムボックスの可能性

朝起きて、食堂で食事を済ませて、ギルドへ向かう。

これが朝のルーティンだ。

しかし、今日の俺は一味違う。

ギルドに行く前に、いろいろと検証が必要になってきた。

魔晶石（水）を手に入れたのはいいけど、アイテムボックスの中身を確認しておく必要がある。

今入ってるのは……

木の弓が一張《ひとはり》、石の矢が七本、簡易溶鉱炉が一基、魔晶石（水）が十個か……

むしろ、簡易溶鉱炉が入ってること自体が意味わかんないんだけど……まあいい。入るんだから仕方がない。

あとはもう一つ、箱にまとめると一枠扱いしてくれるって説明だけど。

ものは試しだ。

今、回復薬（低）が十四個入ってる収納箱（簡易）があるから、それをしまってみよう。

「収納!!」

……入っちゃったよ……これ、やばいね。

出すときは、出したいものを念じて場所を指定してっと。

「解放!!」

出たね。うん、これはいい。

確か、収納箱に木材が少しあったはずだから、収納箱（簡易）を作ろう。

「収納箱」

よし、次は今ある三つを収納したとき、収納箱は一つで一枠か否かだ。

「収納!!」

入ったよ。

アイテムボックスには収納箱（簡易）×３になってる。

これは便利すぎる。

じゃあ、この状態で収納箱の中身の確認はっと……これはできないのか。

つまり――

①よく使うのは普通にアイテムボックスに入れる。

②素材やあまり使わないものは収納箱にしまってから収納。

③ドロップアイテムは収納箱にしまってから収納。

って感じで運用するのがベターだね。

ということで、収納箱をあと七個作れば、だいぶものを持ち運べるってことだな。

あ～そうか、これがギルマスが言っていた、商人に狙われる理由か。

今の俺ですら、箱を大量に準備すればかなりの量を持ち運べるし、アイテムボックスの中身を看破されない限り、ご禁制の品も運び込める。

商人からしたら、これほど都合のいい『道具』はないからね……

まじめに気をつけよう……

よし。気を取り直して木材集めのために東の森へ行こう。

ついでに、鳥の羽根と、薬草を集められればラッキーかな。

ひとまず今日の予定は東の森での資材集めと、北の鉱山跡地ダンジョンへの移動ってところか。

宿舎を出た俺は、その足で東門へと移動を開始した。

出発する際、宿舎の従業員から「早めに宿を探してくださいね？」って念押しをされてしまった。

ほんと、宿なしまで待ったなしだよ。


そして久しぶりに東の森へ赴《おもむ》いた俺は、驚きを隠せなかった……

東の森へ入ってすぐ、ゴブリン三匹を発見したのだ。

今までこのようなことはなかったはず……

まさか、また……ね？

とりあえず、ゴブリンは問題なく討伐可能なのであまり気にしないことにした。

こちらにはまだ気がついていないようだ。

『**職業：なんでも屋の起動を確認しました。職業：狩人（なんでも屋）へ一時変更します**』

先制攻撃のために職業を狩人へと変えた。

運よくスキルが手に入ることを祈ろう。

スキル【ホークアイ】!!
スキル【投擲《とうてき》】!!
スキル【投擲《とうてき》】!!
スキル【投擲《とうてき》】!!
俺は近場にあった石を拾い上げては、ゴブリン三匹に向けて投擲《とうてき》をした。
投げた石は、二匹のゴブリンの頭と腹に命中する。
にぶい音とともに、二匹はその場に倒れ込み、動かなくなった。
残り一匹はうまく躱《かわ》したらしく、命中はしなかった。
即座に俺は剣を構え、ゴブリンへと襲いかかる。
ゴブリンも慌《あわ》てた様子で、こん棒を振り回し暴れ出す。
俺はこん棒を叩《たた》き落し、斬り上げてゴブリンの首をはね上げる。
うん、苦労することなく倒せてしまった。
これが成長なのだろうか……
魔石（極小）一つを拾い、その場を後にする。
『職業：なんでも屋の起動を確認しました。職業：なんでも屋へ変更します』
職業を元に戻してから、周囲を探索して歩く。
いい感じの細い木を見つけた俺は、アイテムボックスから収納箱を取り出した。

中には石斧と石つるはし、石のスコップを収納している。

石斧を取り出した俺は、一心不乱に細い木を切り倒した。

倒した木を数本集めると、収納箱（簡易）の作製に移る。

これを七回繰り返し、予定通りの数の収納箱が完成した。

完成した一つに先ほど拾った魔石（極小）を入れて、アイテムボックスに収納。

余った木もまとめてから他の収納箱に入れて、アイテムボックスへ収納した。

まだ時間もあることだし、さらに素材集めをすることにした。


というわけで、今回は順調に集めることができたので大満足だ。

うれしいことに鳥の羽根が七枚見つかった。

いまだ鳥の狩猟《しゅりょう》をしたことがないので、羽根を集めるのが一苦労だからだ。

今回は時間がないから諦《あきら》めるけど、次回ここに来た際は鳥の狩猟《しゅりょう》をしてみるのもいいかもしれない。

それに、ヒール草も無事十五枚見つかった。

一度、宿舎に戻ってアイテムを作製しよう。

午後からは北に向かって鉱山跡地ダンジョンを目指そう。

宿舎に戻ると、入り口にいる従業員にまだ見つからないのかと急《せ》かされてしまった。

早く出ていけってことでいいのかな？

部屋に入った俺は一度収納箱を取り出し、材料を机の上に並べた。

とりあえず、羽根が七枚か……

念のために石の矢を作れるだけ作ろう。

「石の矢」×7。

よし、成功。

さすがにSPが底をついているから、収納箱に片づけつつ次の準備だ。

次は回復薬（低）だな。

ヒール草は……十五枚か。

確か、机と椅子《いす》のセットでSPが毎分2回復だから、自然回復と合わせたら一回で三個は行けるだろう。

「回復薬」×3。

「回復薬」×3。

「回復薬」×3。

「回復薬」×3。

「回復薬」×3。

これで十五個っと。

回復薬（低）を作って収納箱に入れたものの、この状態じゃあすぐに取り出せないな……

どうしようか。

うん、弓矢は収納箱行きだな。

というわけで、アイテムボックスの中身はこうなった。

収納箱（簡易）×10、簡易溶鉱炉×1、魔晶石（水）×10、回復薬（低）×10。

これなら緊急時もなんとかなるだろう。

時間もまだ昼間だし、予定通り鉱山跡地を目指そう。

今日はとりあえずダンジョンの入り口まで行けたら御《おん》の字だな。

さっそく北門を目指して歩いていると、昨日の女性にまた会った。

「今日はもう大丈夫なの？」

どうやら、準備不足を心配してくれているようだ。

確かに、昨日と同じ格好《かっこう》なら心配はするよな。

「抜かりなく準備できました。昨日は本当にありがとうございました」

礼を言いつつ、俺はポケットから（本当はアイテムボックスからだけど、ポケットから出した体《てい》で）魔晶石（水）を取り出してみせた。

「うん、大丈夫そうね。無理はしたらダメだからね？」

「ご心配いただき感謝します」
短い会話を交わした後、俺は北門を出て歩き出した。
昨日と一緒で、とても歩きづらい。昨日のように襲われたらひとたまりもない。
何事もなく移動中、ふと前を見ると、何か違和感のようなものを覚えた。
なんというか、不自然に四つの岩が並んでいた。
しかも、ほぼ等間隔で……
怪しすぎるでしょ？
念のために足元に転がっていた石をそこへ投げ入れてみた。
ガキーーーーーン!!
当たらなくてもいいかなと思ったら、見事命中してしまった。
怪しい四つの岩は手足をのばしてこちらを威嚇《いかく》している。
見事にロックミミクリーで間違いなかった。
四匹は体を丸めると、ゴロゴロと音を立てて突っ込んできた。
慌《あわ》てた俺は魔晶石（水）を投げようとして、手が滑《すべ》ってしまった。
そのまま地面に叩《たた》きつけられた魔晶石（水）は粉々に壊れてしまった。
次の瞬間——
ドッパ～～～～～～ン!!

爆音とともに俺は後方へと投げ出された。
爆発の方を見ると二匹が水浸《みずびた》しで行動不能になっている。
ほんとよく効くね、これ。
残り二匹は、俺との間にでかい水たまりがあるため、攻撃に躊躇《ちゅうちょ》しているようだ。
動けない二匹を無視して、俺は一足飛びでその二匹のもとへ向かった。
今度こそ失敗しないように、きちんと魔晶石（水）を掴《つか》んで投げつける。
今回は成功し、もう二匹もめでたくびしょ濡《ぬ》れとなった。
俺は動けないロックミミクリーに近づいて、一匹一匹斬り捨てて回った。
昨日の硬さがウソみたいに、本当にスパッとよく斬れた。
今回のドロップアイテムは、ロックミミクリーの甲殻が二つと魔石（極小）が一つ。
で、石が四つ……いるこれ？
もしかして、ここいらに転がっている石は……まさかね。
周辺に敵影がなかったため、アイテムボックスから収納箱を取り出し収納していく。
ほんと、これって便利なんだか不便なんだか謎だ。
魔晶石（水）の残数が八個。
これなら、この先もなんとかなるでしょ……
俺は引き続き、道なりに歩みを進めた。

ほんと歩きづらいね……

周辺警戒をしながら進んでいると、少し離れた場所から物音が聞こえてきた。

おそらく戦闘音で間違いないと思う。

岩陰に隠れながら恐《おそ》る恐《おそ》る確認したら、冒険者のパーティーが七匹のロックミミクリーとやりあっていた。

二度あることは三度あるっていうし……

まさかこっちにこない……よな？

パーティー編成は、盾持ちの戦士が一名。大剣士が一名。魔法使いが二名と回復職一名。最後に遊撃で、おそらくアサシン系の職業が一名の六人編成。

うん、悪くない編成だと思う（なぜか上から目線）。

盾持ちの戦士が、全てのロックミミクリーのヘイトをきちんと稼《かせ》いでいた。

時折盾を打ち鳴らすのは、挑発《ちょうはつ》しているからだろう。

挑発《ちょうはつ》に乗って七匹のロックミミクリーが盾持ちの戦士に突っ込んでいった。

危ない!!

危うく声をかけそうになるのを我慢した。

ロックミミクリーがぶつかる瞬間、盾が輝いた。

するとどうだ、襲いかかってきたロックミミクリーのうち四匹が後方に吹き飛ばされてしまった。

その動きと連動するように、すでに魔法使い二名は魔法を発動させており、ロックミミクリーが吹き飛ばされた場所に水の塊《かたまり》が飛んでいった。

バッシャ〜ン!! という音とともに、大量の水がロックミミクリーを襲う。

今度は魔法使いにヘイトが移ったのか、残り三匹は盾持ちから魔法使いへとターゲットを変更したようで、ゴロゴロと転がりはじめた。

それを見ていた盾持ちがいきなり吠えた!!

「ウォー――――――――クラー――――――――イィ!!」

するとどうだろうか。転がりはじめたロックミミクリーが一瞬にしてピタリとその動きを止めた。

そして盾持ちがドシリと盾を構えなおすと、吸い込まれるように、そちらへロックミミクリーが突進を始める。

どうやらさっきのは、強制的にヘイトを稼《かせ》ぐためのスキルだったみたいだ。

こうなってしまえば、先ほどと同じ状態だ。

盾持ちが一瞬輝くと、ロックミミクリーが飛ばされていく。

魔法使い二人が魔法でびしょ濡《ぬ》れにする。

この攻防の間に、最初に飛ばされた四匹は大剣士とアサシン系によって仕留められていた。

盾持ちも、敵が行動不能となったので攻撃に参加。残りもまた狩りつくされていく。

うん、連携がすごくよかった(またも上から目線)。

かなり戦いなれた様子が見て取れた。

なるほど勉強になった。

だけど、今の俺には使えない戦術だ……だって俺はボッチだから。

やはりソロアタックは無謀ではないのかと考えてしまう。

先ほどの冒険者パーティーは、何やら集まって話し合いを始めた。

身振り手振りで話し合う姿からして、どうやら反省会をしているらしい。だからこそのあの連帯なんだろうな……

「パーティーか……」

つい出てしまった言葉《ほんね》……仲間の渇望《かつぼう》……

俺はすでに吹っ切れたと思っていた。でも本心は違ったらしい……

しばらくして、俺がその場を離れようとしたときだった。

「アーマードロックアントだ!!」

先ほどの冒険者パーティーから叫《さけ》び声が聞こえた。

振り返ると、土煙とともに数匹のモンスターの影が見えた。

俺は見たことのないモンスターだったが、冒険者パーティーの慌《あわ》て方からするとかなりやばいやつなことは理解できた。

「退避!!　退避だ!!」

遠くから別の慌《あわ》てた声が聞こえてきた。

離れた場所でも戦闘が行われていた。他にも冒険者が戦ったり逃げたり、この区域は大混乱だった。

これは、本格的にまずい状況らしいな。

さっきのパーティーも決断を迫られていた。

「俺が殿《しんがり》を務める!!　リサ!!　水魔法のでかいのを放ったら全力で後退しろ!!」

盾役の戦士が声を荒《あら》らげる。

「でも!!」

回復職の少女はそれでも動けずにいた。

「急げ!!」

それを見かねたアサシンが、無理やり少女の手を引き離脱する。

緊迫した空気が伝わってきた。

俺も退避しないと巻き込まれる可能性が高いな……

彼らには申し訳ないが、このまま撤《てっ》退《たい》しよう。

俺が危険を感じて街へ戻ることを決めたときだった。

ボゴン!!

振り返ると、大きな穴が開いた……

まずい……これぜったいまずい……

キシャシャシャシャ。

ガチガチ。

穴から何かが聞こえてきた。

あまりの恐怖に、俺の足は固まってしまったらしい。

一歩後ずさるのがやっとだった。

穴から這《は》い出てきたのは、黄土色をしたどでかい『蟻《あり》』だった。

その体はいかにも堅牢《けんろう》そうで、体の周囲には岩石のようなものがくっついていた。

ロックミミクリーの比ではないほどの威圧感が感じ取れた。

「これが蟻《あり》かよ……ありえないだろう……」

つい言葉が漏《も》れてしまった。

まずいと思って慌《あわ》てて口を塞《ふさ》ぐも、すでに遅かった。

アーマードロックアントは俺を見つけるなり、自らの大きな顎《あご》を広げて襲いかかってきた。

アーマードロックアントの動きは思いのほか速く、こちらの態勢はまだ崩れたままだった。

間一髪で躱《かわ》すことに成功したものの、この窮地《きゅうち》を脱する方法が思いつかない。

念のため手に魔晶石（水）を準備するも、効く保証すらない。

どうする……

ええい!!　ままよ!!

俺は手にした魔晶石（水）を迫りくるアーマードロックアントに投げつけた。
アーマードロックアントも危険と判断したのか、魔晶石（水）を躱《かわ》した。
そのおかげで、なんとか次の攻撃も躱《かわ》すことに成功した。
でも、あと七個……
あと七回でこの手も使えなくなる。
まずいな……助けは……呼べない……
さっきまでいた冒険者パーティーは無事撤退《てったい》完了したらしい。
このままいけば、向こうのアーマードロックアントもこちらに来る可能性が高い。
万事休すってやつかな。
あれ？　よく見ると水たまりを避けて移動している……
これならいけるか。
俺は持っていた魔晶石（水）を、アーマードロックアントとの間に投げつけた。
魔晶石（水）は地面に接触すると勢いよくはじけ飛び、周囲に水をばらまいた。
アーマードロックアントは水がかからないように避けながら距離を取る。
これならいける!!
俺は後退しつつ、近づかれるたびに魔晶石（水）を地面に叩《たた》きつけた。
とはいえ、残り二個……

街までは……まだ遠い……これは無理かな……

俺が諦《あきら》めかけたのを感じ取ったのかアーマードロックアントはさらに加速して襲いかかってきた。

最後の悪あがきで、魔晶石（水）を手に持ち投げつけようとした、その瞬間だった。

「水の牢獄《ろうごく》!!」

女性の声とともに、襲いかかってきたアーマードロックアントは水の檻《おり》に閉じ込められた。

アーマードロックアントは出ようとするも、水に触れた瞬間すぐに檻《おり》から離れた。

見てみると、触れた顎《あご》が若干《じゃっかん》柔《やわ》らかくなっているように見える。

俺があたりを見回すと、そこには北門に行く途中で出会った女性が立っていた。

「大丈夫!?」

「た、助かりました。これで二回目ですね」

「話はあと。あいつを倒しましょう」

女性はそう言うと、魔法を発動させはじめた。

「ウォーターバレット!!」

水の牢獄《ろうごく》に閉じ込められたアーマードロックアントは躱《かわ》すことができず、そのまま水浸《みずびた》しとなった。

やはり、あいつも水が弱点らしい。

俺はラスト二個の魔晶石（水）を投げつけた。

爆発とともにアーマードロックアントは、完全に水を吸い込んで目に見えて動きが悪くなった。

いける!!

そう思った俺は、アーマードロックアントに向かって全速で駆け出した。

俺は、水に濡《ぬ》れて動きが遅くなったアーマードロックアントに斬りかかった。

アーマードロックアントも最後の抵抗とばかりに暴れ出す。

しかし、その動きには、さっきまでの勢いはない。

顎《あご》の攻撃をかわした俺は、その顎《あご》を逆に斬り裂いた。

そして、よろけるアーマードロックアントの脚を狙い斬り払う。

見事に関節に当たったためか、綺麗《きれい》に脚を斬ることができた。

片方の脚三本を失って、身動きが取れなくなったアーマードロックアントに魔法が飛んでくる。

「ウォーターカッター!!」

それが致命傷となり、アーマードロックアントはそのまま息絶えた。

手が震える……足ががくつく……怖かった……まじ怖かった。

正直死を覚悟していた。でも助かった。

そう思った瞬間、そのままへたり込んでしまった。

体に力が入らず、立ち上がることさえままならなかった。

「ぎりぎり間に合ってよかった」

「それにしても……俺がここにいるってよくわかりましたね？」

「別にあなたを助けに来たわけじゃないわよ？　あなたは……そう、たまたまね。たまたま。『尖《せん》鋭戦線《えいせんせん》』っていうEランクパーティーが街に慌《あわ》てて駆け込んできて、アーマードロックアントが出たっていうじゃない？　で、私にもギルドから応援要請が出たってわけ。そうしたら、襲われてるあなたを発見して助けったたってところね」

「『尖鋭戦線』って男女六人組の？」

「そうね。ギルドは上位冒険者に強制依頼を出したから、今アリの巣駆除が行われているはずよ？　私はまだCランクだから、周りの掃除《そうじ》だけど、B以上は巣にアタックを仕掛けてるわ」

ある程度、話を聞けてよかった。

どうやらアーマードロックアントの巣が近くまで伸びてきたらしく、その巣の上で戦闘を開始してしまった『尖鋭戦線』に攻撃を仕掛けてきたってことらしい。

そして俺は、それに巻き込まれたということだった。

他にも何組か冒険者が巻き込まれたようだけど、それは別のCランク冒険者が対応しているそうだ。

「改めてありがとう。助かりました」

「別に構わないわ。そうそう、あなた名前は？」

「カイト。ランクはDになったばかりです」

「そう。私はエルダ。敬語は不要よ。それにしても、今回は災難だったわね」

エルダが手を伸ばしてきたので、それに掴《つか》まって立ち上がる。

俺の体は少しはましになったらしく、歩くのには問題なさそうだ。

改めて頭を下げると、エルダは困った顔をしていた。

これ以上礼を言われる筋合いはないと言っていた。

周囲を確認するも敵の気配などはなかった。状況はあらかた落ち着いたのだろう。

俺はエルダと一緒に街へ戻ることにした。

冒険者ギルドでは安否確認が行われており、俺も一応保護されたということで、冒険者ギルドで事情聴取を受けた。

ギルド職員には、エルダと同じように「災難だったな」と声をかけられた。

ほんと、今日は災難としか言いようがない。

魔晶石（水）も使い切ったし、素材もさほど集まらなかった。

最後に倒したアーマードロックアントの素材をエルダから譲ってもらったけど、レシピ解放もなかった。

換金をしたら――
・ロックミミクリーの甲殻……銅貨五枚×２。
・魔石（極小）……銅貨五枚×３。

・岩蟻《あり》の外殻……銅貨十五枚×1。

合計銅貨四十枚。

ほんと割に合わない計算だ。

さすがにこれではまずいので、目の前の薬師ギルドで回復薬（低）を十個ほど卸《おろ》した。

回復薬（低）で銅貨五枚×10で銅貨五十枚になった。

トータルで銅貨九十枚。

本気でやばいな……

魔道具屋で魔水晶（水）を十個追加で購入したので、結果的に所持金から銅貨マイナス十枚になってしまった。

これ、まじめに宿なし直行ルートじゃないだろうか……

そして、いつになったら鉱石を手にできるのだろうか……

そして俺は、重い足取りで宿舎へと戻った。

出入り口でまた従業員に捕まった。

もうすぐ出れるようにしてくださいね……と。

■十五日目　目標：脱宿なし

今日はいつもよりも遅い時間に目が覚めた。
昨日寝ようと思ったけど、なかなか寝つけなかったから。
何はともあれ、生き残ることはできたものの、自分の無力さが嫌になった。
何かあった際の対処が全然できていない。
これがパーティーだったら、互いに守り合うこともできるだろうな。
「パーティーか……」
思わず俺の口から洩《も》れていた言葉に、一瞬はっとしてしまった。
俺の秘密を守れる人間なんてそうそういそうにないからな……
っと、そういえば、昨日寝る前にステータスを確認していないことを思い出した。
変わった点はっと――

名前：カイト・イシダテ　年齢：25　性別：男性　種族：ヒューマン
職業：なんでも屋　称号：転移者
■ステータス
HP：115／115（5UP）　MP：0／0　SP：32／32（2UP）
体力：20（3UP）（+3）　力：60（+3）　知力：2　魔力：1　素早さ：80（5UP）（−3）　魅力：

５　幸運：50

■スキル

技能：鑑定　レベル１……簡易鑑定が可能。名前と簡単な効果が判明。鑑定内容の追加。ＳＰ：３

ステップイン　レベル１……低い姿勢から相手の懐《ふところ》に入り込む。レベル上昇で距離延長。レベル×１ｍ。ＳＰ：１

投擲《とうてき》　レベル２……何かを投げる際、命中率補正がつく。レベル×１％。ＳＰ：１

クリーン　レベル１……どんな頑固《がんこ》な汚れも一発洗浄。レベルで範囲が広がる。レベル×１ｍ。ＳＰ：１

高速採掘　レベル１……採掘作業の効率化。採掘速度上昇。レベル×１％。効果時間レベル×５分。ＳＰ：４

道具耐久度上昇　レベル１……使用する道具の耐久度の上昇。レベル×１％。ＳＰ：消費なし

土木作業　レベル１……土木作業の効率化。土木作業速度上昇。レベル×１％。効果時間レベル×５分。ＳＰ：４

アイテムボックス　レベル２（１ＵＰ）……収納魔法。収納量上昇レベル×五枠。収納個数レベル×10。重さ無制限（箱に梱包した場合は一個とみなす）

お、いろいろ上がったな。
どういう基準で上がっているかは不明だけど、きっと考えるだけ無駄なんだろうな。
一番ありがたいのが、アイテムボックスがレベル2になったことだな。
枠が十で、一枠に二十個か……だいぶ増えるね。つまり……
整理しなおさないといけないってことか。
冒険者ギルドに行く前にしておこう。
まずは、収納箱はそのままでも問題ないでしょ？
増やす必要は今のところないし。
回復薬（低）は、二十個全部アイテムボックスに入れよう。
魔晶石（水）もそのままでＯＫ。
木の弓と石の矢は作ったはいいが、これから行く場所だと意味がないから収納箱だね。
石つるはしは出しておこう。
残りの素材はそのまま収納箱の中でいいかな。
うん、これでよし。
アイテムボックスの空き枠は五だから、拾ったらここに一時保管。
戦闘が終わって余裕があれば収納箱に整理かな。

これも現地でやってみないことにはわからないからね。

よし、準備万端。今日こそはダンジョンで鉱石を探そう。

その前に、俺は昨日の状況の確認をしに、冒険者ギルドへと向かった。

いつものように「早く部屋を見つけてくださいね？」と、従業員にお見送りされたのは言うまでもない……

ほんと、まじめに宿なしまっしぐら……


「あ、カイトさんですね。すみませんが、こちらに来ていただけますか？」

冒険者ギルドに着くなり、玄関前で待っていたギルド職員に呼び止められた。

つうか、このギルド職員さん、冒険者の顔を把握《はあく》しているんだろうか？

「どうしたんですか？」

「昨日のアーマードロックアント大量発生事案についてのご報告があります。まずはこちらに目を通してください」

ギルド職員から受け取った書類には、次の内容が記されていた。
①アーマードロックアントの討伐は完了。安全確保済み。
②周辺モンスターも駆逐済み。
③ついでに土系魔法使いの協力のもと、一部街道整備が行われた。

……③については、アーマードロックアントが開けた穴が大量に発生したために、土魔法が使える魔法使いを大量に駆り出したんだろうな。

そのついでに整地をするとか、これ絶対に貴族に恩を売るためだろう？

おっちゃんのことだからやりかねないね。

とりあえず①が解決したのは大きかった。

これでまた、あの大穴が開いたら目も当てられない。

しかも、その大穴に落ちたら、絶望しかないしね。
②も完全についでだろうな。
おそらく、ロックミミクリーも数を減らしてるんじゃないかな？

これも現地に行けばわかることか。

うん、ここで心配しても意味がないしね。

つまり俺は無駄に魔晶石（水）を消費しなくて済むってことか……

これは地味にありがたいや。

あらかた報告書に目を通した。

やっとこれで安心して外に出られると思うと、なんだかほっとしてしまった。

ただ厄介《やっかい》なのが、生態系がどれほど変わっているかってことなんだけど。

変わりすぎて対処できないモンスターが巣くっていたら、確実におっちゃんを責める案件になるな。

俺はギルド職員から受け取った、説明完了書と記載された書類にサインを行《おこな》った。

これにて報告会は終了。

俺はいつものようにキャサリンさんのところへと向かう。

どこかけだるげなキャサリンさんは、俺の顔を見るなり大輪の花を咲かせたような笑顔に変わっていた。

「おはようカイト君!!　昨日は大変だったわね？」

「そうですね。まさか、あんなに強かったのに、脆《もろ》いとは思いませんでした」

俺は昨日の出来事を愚痴《ぐち》るように、キャサリンさんに話してみせる。

そして話し終えた俺は、なんだか気持ちが軽くなっているように思えた。

キャサリンさんに目を向けると、優しく微笑《ほほえ》んでいた。

ああ、やっぱりキャサリンさんには勝てないや。

俺の心を軽くするためにこうやって話を聞いてくれるんだから。

今日も一日頑張《がんば》ろう（目標：脱宿なし）!!

キャサリンさんに別れを告げて冒険者ギルドを後にした俺は、その足で王都北門へ向かった。

北門へ続く大通りは活気に満ち溢《あふ》れている。

商業区の大通りだけあって露天商なども並んでいて、どう見てもそれ怪しいだろう？　っていう商品も並んでいた。

幸い俺はスキル【鑑定】があるので、そういった被害はないが……新人冒険者にとってはあるあるの出来事のようだった。

おそらく騙《だま》されたのであろう若い子が、仲間たちに慰《なぐさ》められている光景がちらほらと視界に入る。

頑張《がんば》れ若人《わこうど》よ!!

そうして商業区を抜けると、いつもの門がそびえ立っていた。

俺はつい周辺を見回して、エルダを探してしまった。

「今日は……いないか……」

つい、声が漏《も》れてしまった。

どうやら、昨日のパーティー戦を見て感化されてしまったらしい。

しかし、このスキルのことを考えると、おいそれとパーティーを組むのも難しい。

今はまだソロで頑張《がんば》ろう。

決意を新たにして、北門を抜けて歩き出した。


街道に着くと、そこは少し変わっていた。道幅も若干《じゃっかん》広くなり、歩きやすくはなっていた。だが、まだ馬車同士がすれ違うのは難しいようで、待避所がいくつか設けられていた。

それでも、これだけの街道を作り上げたんだ、街道整備をしてくれた冒険者に感謝の意を表明しよう（またまた上から目線）。

それと、上位冒険者たちが間引きした成果が十二分に出ていた。広い場所に出てからロックミミクリーに遭遇《そうぐう》しなかった。

ところどころロックミミクリーを思わせるような岩が転がっていたが、それらは動き出すことがなく、ただの岩だと思い知らされる。

むしろ、順調すぎて逆に怖くはある。

何事もなくしばらく進むと、遠目に大きな門が見える。

地図上ではダンジョンまではまだ距離があり、それでもこれだけの迫力なんだから、近づいたらもっとすごいんだろうな。

どこか俺は観光気分を味わおうとしていたのかもしれない。

少し歩いては門の大きさに圧倒され、ダンジョンに思いをはせていた。

どんな冒険が待っているのか心躍《おど》らせながら、軽やかな足取りで門へと向かう。

さらに近づくと、その門の大きさが尋常《じんじょう》ではないことが理解できた。

それはそうだ、離れた場所から見ても大きかったんだ。

近くで見るとさらに大きく感じてしまうのは当たり前の話だった。

門の下には、人が出入りできるだけのサイズの扉が設置されていた。

近くには石造りの立派な建物があり、立ち番をしている衛兵の姿もちらほら見えた。

建物の一階部分は、出店のような雰囲気《ふんいき》だ。

カウンターが並んでおり、そこには二人の男性が座っている。

一人は右頬《みぎほお》から首にかけてうろこ状のものが見える。

もう一人の方は、頭にヤギのような角が生えていた。

うん、ただの人間じゃないね。

「こんにちは、ここはなんの建物ですか？」

わからなければ聞いた方が早い。

男性二人に質問をしてみた。

「お、ダンジョンははじめてかい？　ここはダンジョン受付窓口だよ。入退場管理やアイテムの売買などがメインだね」

ヤギの角の生えた男性が説明してくれた。

受付での説明を要約すると――

・入場無料。
・ダンジョン内での死亡は自己責任。ただし、『復活の腕輪』（銀貨五枚）を購入し、装備しておけば、ダンジョン内で死亡レベルのダメージを負うと、ダンジョン入り口ゲートまで転送される。なお、装備品の一部をランダムロストする。

・ダンジョン内での収集物は持ち帰り自由。受付で換金等可能。
・五層ごとにゲートモンスターが配置されている。
・十層ごとにワープゲートが設置されている。そして、次回は入り口のワープゲートから最後に使用したワープゲートまで転移できる。
・本ダンジョンは現在第三十層が最終層である（ダンジョンの成長によって深さが変わる場合がある）。

「ここまでの説明で何か質問はあるかい？」

「この条件だと、魔族側が一方的に損をしていませんか？」

おそらく、ほとんどの冒険者が疑問に思う内容だったのだろう。男性はよどみなく答えてくれた。

・モンスター復活のタイミング。ボスモンスター＝十二時間。ゲートモンスター＝四時間。徘徊《はいかい》型《がた》モンスター＝二日。通常モンスター＝随時。
・ダンジョン内で倒れたモンスター、冒険者、落としたアイテム、減少したＨＰ・ＭＰ・ＳＰなどがすべてエネルギーとなり、ダンジョンへ還元される。
・魔族としては、お金よりエネルギーの方を重要視している。
・ダンジョンは世界中にあるため、相対的にかなりのエネルギーを回収できるので特に問題はない。
・魔王領は魔素が飽和《ほうわ》状態で、ダンジョンの成長に魔素を使用することで、そのバランスを取っている。

――とのことだった。

なるほど、確かにこれは魔族と敵対する方がもったいなさすぎる。

面倒な運営は魔族が行《おこな》ってくれる。人間はその中で生まれたものを回収する。

共存共栄がうまくできていた。それを害しようとしている王国こそ害でしかないように思えた。

各種ギルドが関わらない選択をして当然だ。

当然、俺は魔族の男性から『復活の腕輪』を購入した。まさに転ばぬ先の杖ってやつだな。

所持金は、金貨二枚と銅貨四十五枚。

さらにきつくなってきた……

それはそれとして、俺はついにダンジョンへと足を踏み入れた。

『職業：なんでも屋の起動を確認しました。職業：狩人（なんでも屋）へ一時変更します』

俺はダンジョンでの戦闘に備え、職業を変更した。

ダンジョンでは危険が伴うのが、ライトノベルでの常識だ。

それにしても、そろそろスキルを覚えたいけど……

第一層に足を踏み入れた俺の感想は……『ザ・RPG!!』だった。

このダンジョンは廃坑跡だけあって、綺麗《きれい》にくり抜かれた洞窟《どうくつ》のような構造をしていた。

ただ、ジメジメはしていないものの、清涼感があるかと言われればそうではない。

壁面はごつごつしており、吹っ飛ばされて壁にぶつかったときにダメージを受けそうだ。

道幅はそれなりに広いけど、戦闘と考えると、だいぶ動きが制限されるだろう。

それと洞窟内《どうくつない》はうすぼんやりと明るくなっている。壁に見える緑色に光る苔《こけ》がダンジョンを照らし出してくれていた。

とはいえ、戦闘しやすいかと言ったらそうではないレベルでだ。

スキル【鑑定】。

陽緑苔《ようりょくごけ》：淡い緑色の光を発光する苔《こけ》。特に何かの素材になったりはしない

なるほどね。

素材にはならないけど、ダンジョンのライト的役割を果たしてくれているのか。

これも『ザ・ＲＰＧ!!』の感覚に拍車《はくしゃ》をかけてくる。

ここまでくると、リアルであることを否定したくなる。

ん？　この苔《こけ》も鑑定できるってことは……

じゃあ、ダンジョンそのものも鑑定できるのかな？

スキル【鑑定】。

ダンジョンの壁：壁

ダンジョンの床：床
ダンジョンの天井：天井
ダンジョン――

「ぐわぁ!!」

あぁ～～～～くそっ!!　失敗した!!　頭が痛い!!
俺は思わず叫《さけ》び声を上げてしまった。
おそらく情報過多というやつだろうか。
俺の頭が情報を処理しきれなくなって、悲鳴を上げてしまったらしい。
はい、もうやめます。ですよね？　これもまたテンプレですよね？
気を取り直して探索しよう。
周囲には敵影……なし。
入り口から先は……直線っぽいから、道なりに進んでみよう。
違和感があったら即時鑑定していけば問題ないはず。
しばらく進むと、二股の分かれ道があった。
そして親切にも看板が……

『右：採掘コース／左：討伐コース』

うん、これも魔族の親切心なのだろうか……それとも罠《わな》か……

考えても仕方がないので、素直に従って採掘コースに向かうことにした。

少し歩くと、目の前に第一モンスターを発見する。

岩に擬態《ぎたい》したロックミミクリーが二匹。

さすがに見慣れたなあ。

あからさまに丸い岩が並んでるから……

ロックミミクリーは、まだこちらに気がついていないようだった。

俺はスキルを発動して奇襲を仕掛けた。

スキル【ホークアイ】！

スキル【投擲《とうてき》】！

投げた魔晶石（水）は見事ロックミミクリーに命中し、二匹とも行動不能に陥《おちい》った。

あとは簡単なお仕事。スパッと斬り裂いて終了。

ドロップアイテムは、ロックミミクリーの甲殻一つ、魔石（極小）一つに、石が二つだった。

結構厳しい懐《ふところ》事情になりそうだ。

魔晶石（水）一つ消費で銀貨一枚以上の稼《かせ》ぎでないと採算が取れない計算になる。

しかし、ここは初心者ダンジョン。

それも、上階……そううまくはいかないか……

気持ちを切り替えて採掘をしよう。
鉱石を手に入れれば話が変わってくるかもしれないし。
さらに奥に進んでも鉱石は見つからなかった。
途中、ロックミミクリー四匹に遭遇《そうぐう》した。
魔晶石（水）をうまくヒットさせられたおかげで、なんとか撃退できた。
戦果はロックミミクリーの甲殻が三つ。魔石（極小）が一つ。石が四つ。
ドロップアイテムはアイテムボックスにしまって、さらに探索を続けた。
何度か分かれ道を進むと、目の前が行き止まりとなっていた。
行き止まりには周囲とは違い、若干《じゃっかん》赤みがかった壁があった。
俺は怪しさ満点な壁を鑑定してみた。
スキル【鑑定】!!

鉱床：鉱石が埋まっている可能性がある場所。埋蔵量等はランダムのため掘るまで不明

キタコレ！！！！
さっそく石つるはし装備して掘り出そう。
カンキンコンカンキンキンコン……

めっちゃ硬いんですが……
しかし、鉱脈を発見した俺は石つるはしを、一心不乱に振り下ろす。
カンキンコン。
カンキンコン。
かなり硬い。
ま、石のつるはしだし、それは仕方がないのだろうか。
それでも振り続けた。
何度か振るうちに「ガコン」と塊《かたまり》が地面に落ちた。
すると塊《かたまり》が砕《くだ》け、こぶし二つ分の塊《かたまり》数個に分かれた。
スキル【鑑定】!!

鉄鉱石：鉄を含んだ鉱石。そのままでは使用できない。※要溶鉱炉

ピコン!!
『**スキル：DIYのレシピが増えました**』
よっしゃ!!　確認確認。

▼素材（NEW）

鉄インゴット（NEW）……鉄鉱石5で一本作製。鉄製品基本素材。SP：消費なし

ついに鉄鉱石が手に入った。

さらに、鉄インゴットの作製もできるようになった。

これからは鉄器時代に突入できるのか。

逸《はや》る気持ちを抑え、さらに掘り進める。

カンキンコン。

カンキンコン。

俄然《がぜん》やる気が出てきた‼

カンキンコン。

カンキンコン。

カンキンコン。

カンキンコン。

カンキンコン。

カンキンコン。

そろそろここの鉱脈では出にくくなってきたので、採掘をいったん終了とした。

採掘できたのは鉄鉱石二十個と石十個。

これは多いのか少ないのか。

しかも、冒険者ギルドの買取価格はキロ単位なのに、アイテムだと個数表記……

違和感があるな。

「――痛っつうううううううう～～～～～～!!」

俺は突如謎の頭痛に襲われ、その場に座り込んでしまった。

頭痛は体感で一分以上続き、徐々に治まってきた。

そして唐突に、鉱石への理解が深まった。勝手にスキル【鑑定】が発動したらしい。

さすがご都合主義としか言いようのないタイミングだ……
①鉄インゴットは一本＝鉄鉱石二キロで製錬《せいれん》。
②鉄鉱石二キロ＝鉄鉱石五個と同量。
③鉄鉱石一個＝四百グラム。これは、銅鉱石も一緒。
やはり、ここでも現実味を薄れさせるような状況になった。

おそらくだが、本来は鉱石から不純物の除去作業を行いつつ製錬《せいれん》するのだろう。

しかし、スキルの使用によって不純物除去などの作業が簡略化され、結果として元と同じだけの重さのインゴットが直接発現する。

そう考えると、俺は自分がこの世界の摂理《せつり》の外の存在なのではないかと考えてしまう。

むしろ、そっちの方が釈然《しゃくぜん》としてしまうのが悲しい。

俺は自分の感情をコントロールするために深呼吸をした。

そのおかげか、少しだけ思考がクリアになった。

ぶっちゃけ、摂理《せつり》の外の存在だろうがなんだろうが、俺はここで生きている。ただそれだけだ。

鉄鉱石に関しては、明日以降に製錬《せいれん》して確認するしかないな。

改めて、鉄鉱石の探索へと動き出した。

といっても、周囲を見渡してもそれらしき場所は見えなかった。

またあの苦痛を味わって鑑定すれば行けるのか……

だけど、あれは最後の手段にしたい。

さすがにあれに耐えられるほど我慢強くはないからね。

ダンジョンの鑑定を諦《あきら》めて、俺は周囲を確認しつつダンジョンを探索していった。

しばらく進むと、またも前方に違和感のある壁があった。

これはやっぱり、ダンジョンの優しさなんだろうか……

周囲の警戒を行うも敵影は見られなかった。

俺は周囲を警戒しながら、採掘を開始する。

カンキンコン。

一掘りして気がついたのだが、今掘っている壁の色が、さっきの壁と少し違う気がした。

なんとなくだけど、赤い色に少し緑が混じっている。

そして、その答えはすぐに出た。

何度かつるはしを振ると、ぽろぽろといくつかの鉱石らしきものが、ダンジョンの壁から剥《は》がれ落ちた。

俺はすぐに転がった鉱石に【鑑定】をかける。

鉄鉱石：鉄を含んだ鉱石。そのままでは使用できない。※要溶鉱炉
銅鉱石：銅を含んだ鉱石。そのままでは使用できない。※要溶鉱炉

ここで銅鉱石か……

赤色の壁が鉄鉱石の目印で、緑っぽいと銅鉱石ってことかな？

この辺は検証が必要だけど、それだったらわかりやすくて助かるな。


ピコン!!

『スキル：DIYのレシピが増えました』

▼素材（NEW）
銅インゴット（NEW）……銅鉱石5で一本作製。銅製品基本素材。SP：消費なし

お、やっぱり来たか。

銅インゴット……

これ……贋金《にせがね》づくりできんじゃね？

スキルで複製できるようになったら銅インゴットから贋金《にせがね》作って……って、ほんの少しだけ思った。少しだけだよ？　やらないよ？

……この調子でここも掘っていこう。

カンキンコンカンキンコン。

カンキンコンカンキンコン。

カンキンコンカンキンコン。

どんどん掘っていくと、落ちてくる鉱石の量が目に見えて減ってきた。

今回は入手できたのは、鉄鉱石十個と銅鉱石六個に石が四個。

だいぶ掘ったけど、あまり量は期待できそうにないかな。

まあ、第一層だしね。

こればっかりは仕方がないか。

周りは……うん、やっぱりそれらしい場所はないか。

もっと周辺を探索して、採掘現場を探そう。

数をこなせば、なんとかなるだろうからね。

掘り終えた採掘場所を後にした俺は、さらに念入りに周辺確認を行いつつ歩みを進めた。

第一層だからなのか、モンスターの出現率が低いのでかなり助かっている。

ただ、しばらく探索するも成果が出ない……


もうどれくらい経っただろうか。

見つからないまま時間だけが過ぎていった。

そのときだ。

地面がグラグラと揺《ゆ》れはじめた。

地震か!?　って思った次の瞬間、目の前の地面から巨大ミミズが現れ襲いかかってきた。

「くそ!!　反応が遅れた!!　なんだこれ!?」

ぎりぎり回避が間に合い、俺は地面をぐるぐると転がって事なきを得た。

そんな俺の目の前で、巨大ミミズがのたうち回る。

それにしても嫌悪感が半端《はんぱ》ないな。

見ているだけでゾワゾワしてくる。

あのすべっとした肌艶《はだつや》といい、生物らしからぬ叫《さけ》び声……って、ミミズは鳴くのか？

そんな巨大ミミズが地面を這《は》いずるように移動すると、巨大ミミズの胴回《どうまわ》りと同じくらい、約二メートルは地面が大きく抉《えぐ》り取られていた。

そして、俺はこのとき自分の失態に嫌気がさした。

削られた地面に気を取られ、巨大ミミズから視線を外してしまったのだ。

慌《あわ》てて巨大ミミズに視線を戻したが、すでにその姿は見られなかった。

あったのは、巨大ミミズが地面に潜《もぐ》りこんだであろう大穴だけだった。

おそらくやつは、地面に潜《もぐ》って再度こちらの動きを窺《うかが》っているに違いない。

俺は身動きが取れずにいた。

少しの異変も見逃さないようにじっと周囲に気を配るが、なんら変化が起きなかった。

それから数分くらい過ぎた気がしたが、巨大ミミズは姿を現さない。

もしかして、音や振動に反応してるんだろうか……

俺はアイテムボックスから石を一つ取り出し、明後日の方向に勢いよく投げた。

カコーン。

洞窟《どうくつ》の先の壁にぶつかった石は砕け散ってしまった。

そんなに力を入れたつもりはなかったのだが……

これも今後の検証課題の一つだな。
そんな無駄なことを考えていると、石を投げた効果はすぐに現れた。
巨大ミミズが先ほど石がぶつかった壁の方へ襲いかかった。
つまりは仮説通り、音または振動で判断しているっぽい。
だったら、こちらは検証あるのみだ。
俺はアイテムボックスから石を数個取り出して、また明後日の方向へ投げまくる。
その結果、仮説が確信に変わった。
やつは音と振動を頼りに獲物を見つけている。
そうとわかれば、あとは行動を起こすのみ。
俺はこの場から離れようと、そっと移動を開始した。
極力、音や振動が出ないように、慎重に慎重を期して移動をする。
慎重に……慎重に……
今までになく緊張が俺の足を震わせる。
一歩が遠い……
洞窟《どうくつ》内がやけに静かに思える。
俺の出した音がやつに伝わるように、ダンジョンがそうしているみたいだ。
しかも、足元には石ころが転がってやがるし……

って、これは俺がさっき投げた石じゃないか!!

数分前の俺をぶん殴《なぐ》りたい!!

クソ!!

俺は心の中で悪態をつきながらも、慎重に歩みを進める。

摺《す》り足すら振動が起こるから使えない。

どのくらいの振動と音が許容範囲なのかもわからないため、俺の精神はひどく消耗《しょうもう》していく。

まだか……

もういいか？

いや、まだやつの感知範囲かもしれない……

慎重に……慎重に……慎重に……慎重……

カツーン。

クソ!!　やっちまった!!

ここで俺は、ベタなイベントを起こしてしまう。

足元に転がっていた石を軽く蹴ってしまった。

その石はコロコロと転がり壁にぶつかる。

それが思いのほか大きな音となり、やつをおびき寄せてしまったようだ。

俺の足元付近の地面が急激に盛り上がる。

これ以上慎重に動いたところで意味がないと判断した俺は、咄嗟《とっさ》にスキル【ステップイン】を発動させる。

本来は格闘スキルだろうけど、素早い短距離移動も可能だったらしい。

ほんと間一髪ってこのことなんだろうな。

巨大ミミズはここぞとばかりにその口を大きく開き、俺が元いた場所から飛び出してきた。

心臓に悪いったらありゃしないな。

俺は頬《ほお》に流れる冷や汗を袖口で拭《ぬぐ》いつつ、この状況をどうやって切り抜けるか思考する。

だが、やつから目を離すわけにもいかず、考えがうまくまとまらない。

クソ!!　ソロの限界ってやつかもしれないな!!

それでも巨大ミミズは待ってくれるわけはなく、ブニョブニョしていそうな躯体《くたい》を左右に波打たせながら器用に動かして迫ってくる。

しかも、その動きの割に移動速度が速いときた。

「マジでなんだよ、この化け物が!!」

俺は悪態をつきつつも、襲いかかる巨大ミミズの突進を、スキル【ステップイン】を使って躱《かわ》していく。

何度もこなしていくうちに慣れてくるが、いかんせん体力はどうにもならなかった。

徐々に足にきてしまい、若干《じゃっかん》ではあるけど、タイミングがずれはじめている。

このままいけば、あの鋭利な歯がびっしり並んだ口で無残に切り刻まれるのがおちだ……

どうする……どうする……

考えれば考えるほど、焦《あせ》りが頭をもたげてくる。

正直あのブニョブニョした皮膚《ひふ》を斬り裂けるとは思えない。

むしろダメージが吸収されてこっちがピンチになる未来しか見えないな。

どうする……どうする……

ふと、やつが突進してきた部分が目に入った。

そこにはやつが食い散らかしたであろう、ダンジョンの地面や壁の残骸《ざんがい》があった。

しかもその残骸はかなり粉々だ。

もしかしてやつは、腹にそれほど多くの容量をとどめておけないのか？

だったら、やつのあの口に魔晶石（水）をぶち込んでやれば、内部から爆発させられるんじゃないか？

俺は一縷《いちる》の希望にかけることにした。

すでに足は限界を迎えそうで、正直立ち止まりたい気持ちでいっぱいだ。

だが、ここで俺は終わるわけにはいかない!!

まだこの世界を楽しんでいないんだからな!!

巨大ミミズは餌《えさ》の動きが鈍《にぶ》ってきたのを感じ取ったかのように、その躯体《くたい》を一層くねらせて迫ってくる。

俺は魔晶石（水）を手に取り、その一瞬に集中する。

ズルズルと勢いよく迫る巨大ミミズ。

まだ……まだだ……

その距離五十メートル……巨大ミミズのビッシリ並んだ歯が余計恐怖心を煽《あお》ってくる。

まだ……まだ……

この一秒にも満たない時間がもどかしい……

ここ!!

俺はスキル【投擲《とうてき》】を使い、全力で魔晶石（水）を巨大ミミズの口に投げ込む。

魔晶石（水）は面白いように巨大ミミズの口の中に吸い込まれていき、その姿が見えなくなった。

ドコーーーーン!!

見事、巨大ミミズの消化器官内で大爆発を起こした魔晶石（水）。

胴体はブニョブニョの皮で覆われていたためか、ダメージは見て取れなかった。

しかし、その口や尾っぽ側から、大量の水が溢《あふ》れ出してきていた。

爆発ダメージに水属性のダメージが乗ったためか、巨大ミミズの動きは緩慢《かんまん》になり、次第に弱々しくなってきた。

俺は警戒しながらも、ゆっくりと巨大ミミズに近づく。

これだけの状況で襲いかかってくることはないだろうけど、警戒は必要だ。

俺は剣を前に構え、いつでも斬りかかれるようにして近づく。

巨大ミミズもそれに気がついたのか、最後の一暴れをしようともがいているが、身体に力が入らないらしく、ペタリペタリと力なく尾を振るだけであった。

口からはいまだに大量の水が溢《あふ》れ出ている。

あの魔晶石（水）って、実はえげつないものだったんだなと、改めて感心してしまった。

こうして俺は剣を一振りし、巨大ミミズの生命活動を終わらせた。


「や、やばかった……」

俺は安堵感《あんどかん》からかその場に腰を下ろし、深いため息をつく。

右手を見てみると、剣を強く握りしめて、カタカタと震えていた。

俺はその指を一本一本のばし、ようやく剣を手放すことができた。

正直、本気で焦《あせ》った。

魔晶石（水）に効果があったからよかったものの、効かなかったらかなりのピンチだったと思う。

その証拠に、いまだに背中に汗が噴き出ている。

心臓の音も今まで聞いたことがないくらい、速く脈動している。

俺は少し呼吸を整え、ドロップアイテムを確認した。

あれだけやばい思いをしたのに、魔石（極小）が一つって……
つくづくここのダンジョンとは相性が悪いことが窺《うかが》えた。
魔法……覚えたいな……
魔晶石（水）の残数が七つ。
帰り道を考えると、そろそろ引き時ではあるが……
資金面を考えると、もう少し粘《ねば》りたい……
うん、行こう。
魔晶石（水）が残り五個になったら撤退《てったい》を考えることにする。

どうにか無事巨大ミミズを討伐し終えた俺は、周囲を警戒しつつ探索していた。
すると、先ほどと同じような岩肌《いわはだ》の壁を発見した。
カンキンコンカンキンコン。
カンキンコンカンキンコン。
カンキンコンカンキンコン。
カンキンコンカンキンコン。
カンキンコンカンキンコン。
カンキンコンカンキンコン。

カンキンコンカンキンコン。
カンキンコンカンキンコン。
カンキンコンカンキンコン。
カンキンコンカンキンコン。
カンキンコンカンキンコン。

腕が痛い……
頑張《がんば》って掘ったおかげか、壁の色が周りと同じ感じになってきた。
おそらく鉱脈的には終わりだと思う。
数を数えると、鉄鉱石が二十個。銅鉱石が四個。石が十五個回収できた。
石は正直もういらない気がするので、その場に放置していこう。
あれからどれほど潜《もぐ》ったかわからないけど、そろそろ引き揚げ時と感じた。
本日の探索はこれで終了としよう。
初日だし無理はしない方が無難だ。
むしろキャサリンさんに怒られたくないかな。

出口に向かっていると、いつものように綺麗《きれい》に集まった岩石が姿を現した。
数は六個。

うん、絶対隠れる気ないよね？

どっからどう見てもロックミミクリーだよね？

スキル【ホークアイ】。

スキル【投擲《とうてき》】。

俺はスキルの助けを借りて、魔晶石をロックミミクリー目掛けて投擲《とうてき》した。

美しい軌道で魔晶石（水）が岩石に命中する。

すると、もぞもぞと岩石が動き出した。

間違いなくロックミミクリーだった。

うん、ミミクリー《似ているもの》って名前なんだから、もう少しきちんと擬態《ぎたい》しようよって思ってしまった。

二匹には水がかからなかったらしく、こちらへ転がり出してきた。

スキル【投擲《とうてき》】。

二匹の軌道上に追加で魔晶石（水）を投げてやると、見事にずぶぬれになった。

あとは順番に退治して戦闘終了。

もう戦闘というより、作業に近い感じになってきた気がする。

コストに見合わないけど……

ドロップアイテムは魔石（極小）が三つ。

ロックミミクリーの甲殻が四つ。

石は……いらないな。

ピコン!!

『職業：なんでも屋の起動を確認しました。職業：剣士《けんし》（なんでも屋）へ変更可能です』

技能：剣術　レベル（仮）……剣の使い方がうまくなる。ダメージ上昇率レベル×1％。SP：消費なし

技能：ラッシュ　レベル（仮）……連続攻撃中の体力低下の緩和。緩和率レベル×1％。効果時間ラッシュ中。SP：1／秒

ん？　なぜいきなりこのタイミングで職業が増えたんだ？

条件が全くわからなくなってきた。

行動だけが条件じゃないってことなんだろうか。

その辺の検証も必要だけど、検証のしようがないか。

その後は特に戦闘もなく、無事に出口まで来ることができた。

外へ出ると、西側に沈みはじめた二つの夕日が眩《まぶ》しかった。

周辺には帰り支度をする冒険者パーティーが何組もいた。

どのパーティーも魔法職が照明系の魔法だろうか、光源を確保したり、魔道具のようなものに火を灯したりして帰っていった。

俺はというと……準備不足だった。

これは考えていなかった。

このまま戻れば、間違いなく途中で日が暮れる。

戻ったら、また魔道具屋で購入案件かもしれない。

ほんと、割に合わなすぎないか？

「あ、カイト。今帰り？」

俺も街へ向かおうと歩き出すと、後ろから聞き覚えのある声が聞こえてきた。

振り向いた先にいたのはエルダだった。

なんだか心が弾んだのは気のせいだろうか？

「ああ。初ダンジョンアタックは……まあ、割に合わなかったよ。エルダはどうだった？」

「私は第五層をソロで探索してたけど、まあまあって感じだったかな」

やはり稼《かせ》ぐには、第五層まで行かないと厳しいのかもしれない。

少し落ち込んでいると、エルダが励ましてくれた。

「仕方がないわよ。ここのダンジョンは基本的にパーティー推奨《すいしょう》だもの。第一層から第三層まではEランクパーティー。それ以降はDランク以上かな？」

つまりソロで潜《もぐ》るなら、もっと上位じゃなきゃいけないってことだろうね……

おいおっちゃん……なんつう場所を勧めるんだよ……

ソロで潜《もぐ》るなら水系魔法は必須になるだろうね。

うん、俺はここ合ってないかもしれない。

でも、鉱石を採掘するにはここに来ないといけない……

完全なジレンマだ。

少し話をして、エルダの厚意で二人で街に戻ることにした。

エルダは簡単な光魔法が使えるので、魔道具は不要らしい。

案の定、帰り道ではモンスターの出現はなかった。

エルダ曰《いわ》く、あと三日四日はモンスターが湧《わ》かない可能性が高いそうだ。

出たとしても速攻で狩られるから安全だってことらしい。

特に何もなく街へと到着する。街の灯りを見て、なんとなく安心感を覚えた。

エルダとは北門で別れた。商業区で依頼人に会ってからギルドへ向かうという。

俺は特に何も用事がなかったので、そのままギルドに向かうことにした。

途中で今日の戦利品を確認していなかったことに気がついた。

中身は……

・ロックミミクリーの甲殻が八つ（一つ銅貨五枚）。

・魔石（極小）が六つ（一つ銅貨五枚）。
・鉄鉱石が五十個（二十キロ）（一キロ銅貨十枚）。
・銅鉱石が十個（四キロ）（一キロ銅貨七枚）。

鉱石は明日、炉で溶かすからそのままにして、換金は甲殻八つと魔石（極小）六つか……

絶対割に合わない!!

案の定ギルドで清算してもらうと……銅貨七十枚。

この後消費した魔晶石（水）を補充すると、五十枚が消えるから……

プラス二十枚にしかならなかった。

一日潜《もぐ》ってこれでは明らかに宿代にもならない。

早くダンジョン攻略を進めて金を稼《かせ》がないと、まじめに宿なしが確定してしまう……

もういっそのこと森に家を建てようかな？　などと現実逃避がしたくなってしまった。

それと、ダンジョンで遭遇《そうぐう》した巨大ミミズについても確認した。

名前は『ロックワーム』。

弱点は水で、ドロップアイテムは皮と歯らしい。

両方とも武具の材料になるとのことだった。

あと、たまに女王的ロックワームがいて、それを見つけたらただちに撤退《てったい》するようにとの忠告も受けた。

それがいれば確実に、最低でも十四以上のロックワームが周辺に潜《ひそ》んでいるそうだ。

ただ、基本、それは下層でないと出てこないらしい。

とはいえ、注意はしておいた方がよさそうだな。

あらかた用事を済ませた俺は、冒険者ギルドを後にした。

その足で魔道具屋へ向かう。

魔道具屋で魔晶石（水）を五個補充して宿舎に戻ると、「いつまでいるの？」的視線を感じた。

ほんとごめんなさい。

部屋に戻りステータスを確認して驚いてしまった。

■ステータス
HP：115／115　MP：0／0　SP：32／32
体力：23（3UP）（+3）　力：63（3UP）（+3）　知力：2　魔力：2（1UP）　素早さ：80（−3）　魅力：5　幸運：50
技能：DIY　レベル2……低級アイテムの作製
▼素材（NEW）
鉄インゴット（NEW）……鉄鉱石5で一本作製。鉄製品基本材料。SP：消費なし
銅インゴット（NEW）……銅鉱石5で一本作製。銅製品基本素材。SP：消費なし

ん？　魔力が上がってる⁉

あれか……魔晶石（水）を使ってたからか？

ステータス値の上昇についても謎が多すぎる。

やめやめ、考えるだけ無駄な気がしてきた。

俺は一旦思考を止めてベッドへ潜《もぐ》り込んだ。

異世界に来て十五日か……とりあえず二週間は生き延びたのか。

こうして宿にも泊まれて、うまい飯も食える。

召喚されて王城を追われたときはどうなるかと思ったけど、意外となんとかなるもんだな。

これからまだまだ大変だろうけど、とりあえずはスローライフに向けて頑張《がんば》るしかないか。

そして明日はついに、念願だったインゴット作製だ。

ヤバイ……ワクワクして寝れそうにないかもしれない。

やばいきんちょうs…………

すや～。

ブラック企業に勤める吉岡茂人は、三十歳にして念願のキャンピングカーを購入した。納車したその足で出掛けたが、楽しい夜もつかの間、目を覚ますとキャンピングカーごと異世界に転移してしまっていた。シゲトは途方に暮れるものの、なぜだかキャンピングカーが異世界仕様に変わっていて……便利になっていく愛車と懐いてくれた独りぼっちのフクロウをお供に、孤独な元社畜の気ままなドライブ紀行が幕を開ける!

◉定価:1430円(10%税込)　◉ISBN 978-4-434-34681-1　◉illustration:嘴広コウ

“動物に好かれまくる”体質を持つ咲太。ダンジョン配信することになった彼は、少女がドラゴンに襲われている場面に遭遇する。絶体絶命のピンチ――かと思いきや、ドラゴンが咲太に懐いた(?)おかげで、あっけないほど簡単に少女は救出される。その奇妙な救出劇は全世界に配信され、咲太は“バズッてしまう”のだった!?　人間も、動物も、魔物も、彼にメロメロ!?　テイマー美少年×ダンジョン配信ファンタジー!

◉定価：1430円（10%税込）　◉ISBN 978-4-434-34690-3　◉illustration：LLLthika

フェンリルに育てられ、自身をフェンリルだと思い込んでいる幼女・アン。冒険者・エルドと偶然出会った彼女は、自分がどんな魔法も生み出せる万能スキル『創作魔法』を持った転生者だと気付く。エルドに保護され街に出たアンが『創作魔法』を使った料理の屋台を始めたところ、屋台を通じて出会った人たちから、たくさんのお悩み相談が舞い込んできて――!?

●定価：1430円（10%税込）　●ISBN 978-4-434-34684-2　●illustration：えすけー

「素材変質」という素材を劣化させるスキルのせいで、錬金工房をクビになってしまったエリク。仕方なく冒険者となった彼だったが、実はこのスキル、採取前の素材を上位種に変化させるものだった。スキルの真価に気付いたエリクは、その力で激レア素材を集め、冒険者、そして錬金術師として自由に生きようと決意する。そこへ、エリクの力を見込んだ冒険者の少女や神獣たちがやってきて——追放された錬金術師の気ままな冒険ファンタジー、開幕！

●定価：1430円（10%税込）●ISBN：978-4-434-34682-8 ●Illustration：丈ゆきみ